나는 액티브 시니어다

나는 액티브 시니어다

나이 들어도 할 수 있는
슬기로운 직업 생활

윤석윤 지음

북바이북

중년 이후 새로운 길을 찾다

직업이란 무엇일까? 무엇이기에 노년에 이른 지금까지도 나는 직업 활동을 하고 있을까. 단지 생계 수단에 불과하다면, 많은 사람이 일에 이렇게 매여 살진 않을 것이다. 새삼스레 일이 사람에게 무엇인지, 그 의미는 정확히 무엇인지 궁금해졌다.

직업의 사전적 의미는 "살아가는 데 필요한 돈을 벌기 위해 자신의 적성과 능력을 고려하여 어떤 일에 일정 기간 이상 종사하는 것"이다. 이 개념을 바탕으로 직업을 구체적으로 정리해보면 세 가지 카테고리로 정리할 수 있다.

'자아실현, 경제 활동, 사회적 공헌'.

하나하나 살펴보면 첫째로, 직업에서의 자아실현이란 적성과 재능을 직업으로 삼은, 흔히 취미가 직업이 된 경우다. 자신이 원하는 분야의 일을 한다면 일을 통해서 행복을 만끽할 수 있으니 최선이다. 대개 예술가, 작가, 연예인 등이 이에 속한다. 하지만 현실에서 얼마나 많은 사람이 자기 적성이나 능력에 맞는 일을 할 수 있을까. 또 좋아한다고 해도 그 일을 반드시 잘하리란 보장도 없고, 아무리 즐기던 것도 일이 되면 더는 즐거워지지 않기도 한다.

둘째로, 일은 돈을 벌기 위해 한다. 돈은 살아가는 데 필요한 의식주 문제를 해결할 자원이다. 나아가 가정생활과 자녀 교육, 문화생활을 누리기 위해서도 경제력이 필요하다. 직업은 필연적으로 경제 활동의 성격을 띤다. 만일 일을 하는데도 대가를 받지 못한다면 그것은 직업이 아니라 봉사다.

셋째로, 대부분 일은 사회에 필요해서 생긴 것이다. 따라서 모든 일은 일정 부분 사회에 공헌한다. 흔히 직업에는 귀천이 없다고 말한다. 안타깝게도 그것은 이상론이다. 현실에서는 직업에 순위가 있다. 그것은 금전과 권력, 명예와 관련이 있다. 사람들은 '사' 자가 붙는 직업이나 돈을 많이 버는 직업을 선호한다. 만약 자신이 원하는 일을 하면서 경제 활동을 하고, 이 일이 사회에 일정 부분 공헌하여 자부심을 느끼게 된다면 그야말로 최상일 것이다.

나는 행운의 베이비붐 세대다. 우리 세대는 산업화 시대의 특혜를 받았고 평생 한 우물만 파도 되었다. 친구들 다수가 평생 한 우물을 팠다. 다만, 나는 그러지 못했다. 지금까지 서른 개가 넘는 직업을 전전했다. 그렇게 많은 일에 도전했지만 대부분 성공하지 못했다. 성공하지 못했다는 의미는 행복하지 않아 안주하지 않았다는 뜻이기도 하다. 대신, 선택한 일마다 최선을 다했기에 미련은 없고, 꿈을 찾아 거쳐온 긴 여정이 후회스럽지도 않다. 무엇보다, 다행히도 인생 중반을 넘어서면서 적성에 맞는 일을 만났다. 60대 후반에 이른 지금, 나는 직업 활동에서 큰 행복과 만족을 느낀다.

노후를 완벽하게 준비한 은퇴자는 그렇게 많지 않을 것이다. '노테크老tech'(노후에 하는 재테크)라는 말에 많은 이가 혹하는 이유도 이 때문이다. 젊은이들의 재테크가 그렇듯, 노후의 재테크도 대개 금융 상품이나 부동산 투자를 통해 은퇴 후의 남은 미래를 준비하는 걸 뜻한다. 이럴 만한 여력이 되는 이들이 몇이나 될까.

나는 노테크를 다르게 해석한다. 노테크는 노勞테크다! 움직일 수 있으면, 건강하면 일하는 것이 최고의 재테크다. 노년 세대에게 일이란 무엇인지 의미를 재해석해야 한다고 생각한다. 일을 하면 몸과 마음의 건강에도 좋고 생활비도 보탤 수 있다.

지인 중에 대학 강사 생활을 하다가 은퇴한 선배가 있다. 지금은 아파트 경비원을 하고 있다. 그 선배는 노년의 노동에 당당하다. 일하는 시간 이외에는 시 낭송가로 활동하고 있다. 얼마나 멋진 노후인가. 인천광역시 노인인력개발센터에서 몇 년간 노인 대상 특강을 할 때 시니어 세대가 대개 일을 원하고 있다는 사실을 알게 되었다.

노화 연구가 박상철 박사는 『100세인 이야기』(샘터, 2009)에서 건강한 노후를 위한 네 가지 조건을 말한다. '건강, 음식, 참여, 활동'이다. 움직일 수 있으면 참여하고 활동하는 것이 백세인의 모습이었다. 나 역시 그런 생각으로 노후를 준비했다. 포기하지 않으면 언제든 기회는 온다고 믿었다. 그래서 50대 후반에 강사 일에 도전했다. 도서관, 학교, 교육청 등 여러 기관에서 독서와 글쓰기를 키워드로 강의를 하는 직업이다. 60대 중반을 넘어가는 지금 여전히 현역 강사로 즐겁게 활동하고 있다. 주위에서 이런 나를 보고 '액티브 시니어active senior'라고 부른다. 왕성하게 활동하는 노인이라는 뜻이다. 또 강사를 하면서 다른 이름도 가지게 되었다. 공저지만 책을 몇 권 출간하다 보니 가끔 '작가'라는 말을 듣는다. 이것 역시 중년 이후에 이룬 꿈이다. 작가라는 말을 들으면 어색하고 쑥스럽지만 기분은 나쁘지 않다.

공저한 책들은 모두 노후 준비를 위한 공부와 강사로 활동하는 독서 교육 현장 이야기다. 『이젠, 함께 읽기다』(2014)와 『질문하는 독서의 힘』(2020)은 독서와 토론에 관한 책이다. 『은퇴자의 공부법』(2015)과 『아빠, 행복해?』(2016)에는 공부로 삶이 바뀐 이야기를 세 저자가 담아냈다. 이 책들에도 내 인생 후반을 바꾸어준 독서와 글쓰기, 강사로서의 삶이 부분적으로 담겨 있지만, 『나는 액티브 시니어다』는 단독 저서이기도 하고, 시니어 세대의 직업 생활을 본격적으로 다룬다는 점에서 크게 변별된다.

본서는 크게 두 가지 각도에서 접근해 풀어나갔다. 하나는 현장에서 강사로 일하는 시니어 지식 노동자의 이야기다. 글쓰기 공부를 하다가 과제로 낸 글이 중년 이후의 삶을 바꾼 이야기, 시니어 세대 직업인으로서 시대 변화에 어떻게 적응하고 있는지, 시니어 강사로서 어떤 수강자들에게 어떤 내용의 강의를 하고 있는지, 수강자들에게 직업적인 면에서 어떤 영향을 끼쳤는지를 전한다. 다른 하나는 직업과 관련된 내 개인사다. 강사로서 준비하기 위해 용모 변신을 도모한 이야기, 인생에서 중요한 때 도움을 준 키맨들 이야기, 독서 토론과 글쓰기 강사로서 자녀 교육은 어떻게 했는지, 자녀의 눈에 비친 시니어 강사 아버지의 모습, 몸과 마음의 건강을 위해 명상과 마라톤을 한 이야기, 먼저 세상을 떠난 형과 동생 이야기, 늙어감과 누구에게나 찾아오는 노년에 대한 이야기를 담담하게 풀어 냈다. 평생 책을 좋아하고 배우는 것을 즐겼다. 그런 내 이야기가 은퇴자나 예비 은퇴자에게 공감과 위로, 작은 삶의 팁이 되면 좋겠다.

차례

중년의 행로를
바꾸어준 고백

순간순간 낯설어지곤 한다. 내가 글을 쓰고 있구나, 이 글을 책으로 엮는구나. 이게 대관절 무슨 일이지?

글쓰기를 배운 적이 없다. 10대 후반부터 40대 초반까지 일기를 쓰기는 했다. 10대에는 질풍노도 시기에 통과의례처럼 현실에 대한 불만, 미래에 대한 불안, 자신에 대한 갈등과 번민을 일기장에 끄적였다. 당시에는 진학이 가장 큰 문제였다. 원하는 전공을 부모가 반대했다. 철학과보다는 취직이 잘되는 공대에 지원하라고 했다. 아버지는 "의식이 족해야 예절을 아는 법"이라고 말씀하시곤 했다.

꿈보다 밥이 우선인 시대였다. 그래서 경제적 독립을 위해 선택한 직업이 선박 엔지니어였다. 수산계 대학을 졸업하고 어선 기관사로 바다에서 5년을 보냈다. 기간산업체에 근무한 것이라 특례보충력으로 군대 문제도 해결했다. 태평양과 대서양의 파도 속에서 일하는 동안 꿈과 고독이 내면의 벗이었다. 외로움은 친구에게 보내는 편지에 썼고 꿈은 일기장에 담았다. 글쓰기를 배웠더라면 좀 더 성찰적인 문장으로 고민의 깊이를 표현했을 것이다. 하지만 그저 괴로움을 토로하며 막연한 꿈을 기록했을 뿐이다.

글쓰기를 배울 기회는 50대 중반에 우연히 찾아왔다. 계기는 강사로 일하는 최 선배가 제공했다. 수원에서 독서 모임을 하고 있을 때였다. 산업체 강사, 대학교수, 중소기업 대표, 회사원 등이 참여했다. 매주 한 번씩 모여서 독후 감상을 나누었다. 어떤 때는 책을 나누어 요약, 정리해 와서 자료로 공유하기도 했다. '성공클럽'이라는 모임이었다. 인생을 성공적으로 살아보자는 취지에서 만든 이름이다. 이 모임은 벤저민 프랭클린이 만든 '준토Junto'(스페인어로 다른 사람과 함께하는 모임이라는 뜻)를 모방해 만들어졌다. 프랭클린은 어린 시절 2년간 학교 다닌 것이 전부였지만 평생 독서와 독학으로 지식을 쌓은 미국 건국 초기의 '르네상스 맨'이다. 1727년 21세의 나이에 자영업자 열한 명과 함께 만든 이 학습 모임 준토는 30년간이나 지속됐다.

우리 글쓰기 모임의 시작은 최 선배의 제안으로 시작되었다. 2011년 여름이었다. 나에게도 책 출간은 드림 리스트에 들어 있는 목록 중 하나였다. 최 선배도 같은 꿈을 가지고 있었다.

"저서는 강사에게 가슴에 붙어 있는 훈장 같은 것이야."

이렇게 말한 그가 먼저 행동으로 옮겼다.

"글쓰기 공부를 시작했는데 재미있네. 자네도 시작하는 게 어때? 책 쓰는 꿈을 가지고 있잖아!"

'그래, 책 출간을 하려면 먼저 글쓰기 공부부터 시작해야지.'

최 선배를 따라 분당 한겨레교육문화센터의 글쓰기 과정에 등록했다. 6주 과정에 한 번 숙제가 있었다. '가족 이야기' 쓰기였다. '할아버지'를 소재로 잡았다. 내가 태어나기 3년 전에 세상을 떠나셨기 때문에 만난 적이 없는 분이었다. 구한말에 일본에 유학을 다녀와서 공무원으로 일하다가 군수까지 지냈다고 들었다. 개화파였던 할아버지가 한국 근대사에서 어떤 역할을 했을지 궁금하던 차였다. 먼저 호적과 원적을 찾아보고 도서관에서 자료를 조사하여 과제를 완성했다.

글을 쓰고 나니 감회가 남달랐다. 몰랐던 가족사를 알게 되었고, 할아버지를 객관적으로 바라볼 수 있었다. 사실 큰 충격을 받았다. 40대에 상처喪妻로 결혼을 두 번 한 것이야 흔한 일이었으니 이해한다 해도 군수로 퇴직하셨다는 사실은 많은 점을 시사했다. 나는 할아버지에 대한 기록을 민족문제연구소가 발간한 『친일인명사전』(민족문제연구소, 2009)에서 찾을 수 있었다. 할아버지가 친일파였다니! 아버지가 그간 왜 할아버지 이야기를 잘 하지 않으셨는지 이해할 수 있었다. 마음은 편치 않았지만 할아버지를 좀 더 알게 되어 고마웠다. 그래서 민족문제연구소 홈페이지에 들어가 회원으로 가입하고 게시판에 글을 올렸다.

"저는 친일파의 손자입니다. 역사와 민족 앞에 사죄드립니다."

다음은 게시판에 올린 글의 전문이다.

나는 할아버지를 생전에 뵙지 못했다. 할아버지는 한국전쟁 휴전 직후 1953년에 타계하셨고 그 후 몇 년이 지난 다음에 내가 태어났기 때문에 할아버지에 대한 기억이 전혀 없다. 부모님을 통해 들었던 할아버지에 대한 단편적인 이야기는 이러했다.

어려서부터 영특하셨던 할아버지가 상투를 자르고 제물포에서 배를 타고 일본 유학을 떠날 때, 선착장까지 따라가셨던 증조할아버지는 펑펑 우셨다. 일본 게이오 의숙에서의 유학 생활을 마치고 귀국해 대한제국의 농상공부 관리가 되었고, 나중에는 군수까지 했다. 이게 전부였다. 난 할아버지가 늘 궁금했다.

그러다 2010년 민족문제연구소에서 『친일인명사전』을 만들었다는 기사를 접했던 기억이 나 혹시 우리 할아버지도 일제 초기에 군수를 하셨다면 친일파 명부에 있지 않을까 하여 도서관에 달려가 찾아보았다. 내가 궁금해하고 찾던 할아버지가 바로 거기에 계셨다. 2011년 9월 3일, 그렇게 나의 뿌리인 할아버지를 역사 기록에서 찾았다. 아버지도 작은아버지도 알지 못하시던 할아버지의 50여 년의 역사가 고스란히 그 안에 들어 있었다. 할아버지의 이력이 기록되어 있는 내용을 복사해서 집으로 돌아와 인터넷에서 구한말 일본 유학생들에 대한 자료를 조사했다. 할아버지는 구한말 대한제국에서 개혁과 개방 정책을 담당할 인재를 키우고자 1895년 제1회 관비 유학생 파견 사업에 선발된 양반 자제 200명에 속하여 일본 동경의 게이오 의숙에서 예과, 본과를 마치고 귀국해 1900년에 농상공부에서 공직에 들어섰고 1910년 국권 침탈 이후에 충청도와 전라도에서 군수로 봉직, 1924년 휴직하셨다가 1926년 50세의 나이로 퇴직을 하셨다.

할아버지의 첫 부인이신 안동 김씨 할머니는 45세 나이로 1918년 타계하시고, 아버지를 낳으신 할머니는 인동 장씨로 1919년, 17세의 나이에 43세 당시 군수였던 할아버지와 결혼하셨다. 할아버지가 은퇴하실 때 아버지의 나이가 6세, 작은아버지 나이가 3세였으니 할아버지에 대한 기억이 별로 없는 게 이해가 된다. 퇴직 후 할아버지는 집을 떠나서 유랑하셨으며 집안 대소사에는 무심히 사셨다고 한다. 살림과 자녀 교육은 오롯이 젊은 할머니의 몫으로 남겨져 당시 여학교를 졸업하고 산파 자격증을 가지고 계셨던 할머니께서 병원에서 산파로 일해 생활을 이어가셨다고 한다. 할아버지가 다시 집으로 돌아오신 것은 1940년 65세 정도쯤이 아니었을까. 그러다가 1953년 77세를 일기로 세상을 떠나셨다. 할아버지는 왜 그렇게 말년을 보내셨을까?

충격이었다. 나는 해방 후에 반민특위를 통해 친일파를 청산하지 않은 것이 역사의 치명적 약점이었다고 생각해왔다. 해방된 새로운 정부의 공직에 몸담으면서 지난 친일 행적에 대해 사죄와 반성도 하지 않은 채 과거 일을 자꾸 들춰내 왜 갈등을 조장하느냐고 뻔뻔하게 말하는 친일 인사들의 행적이 남남 갈등의 뿌리라고 생각했기 때문이다. 친일파와 그의 자손들은 치부한 재산으로 호의호식하고 공부하고 성공해 사업가, 정치가, 공직자로 활동했지만 독립운동을 했던 당사자나 후손은 학업을 제대로 받지 못할 뿐 아니라 춥고 배고프게 살고 있다는 기사를 볼 때마다 '이런 개 같은 경우가 어디 있느냐'고 분개했다. 그런 나였는데 오늘 내가 친일파 후손이란 사실을 알게 된 것이다.

난 오늘 나의 뿌리를 찾았다. 할아버지가 어떤 생가을 가지고 일본으로 가는 배를 타셨는지 일본에서 공부를 마치고 돌아와 마음속에 민족과 국가의 운명과 미래를 어떻게 생각하셨는지 알 길이 없다. 을사늑약과 경술국치의 과정에서 관직에 계셨던 할아버지는 당시 어떤 생각으로 살고 계셨을까? 많은 친일파가 그러하듯이 재산을 모으고 자녀 교육도 잘 시켜서 식민지 치하에서 자식들이 성공하도록 만들지 못한 이유가 무엇일까? 할아버지에 대하여 궁금한 것이 너무도 많았다. 하지만 할아버지께서 일기나 어떤 비망록도 남기지 않아 그분의 의중을 알지 못한다. 단지 앨범 속에 남아 있는 빛바랜 몇 장의 사진만이 유일한 유산이다.

민족문제연구소에서 발간한 『친일인명사전』을 통해서나마

할아버지의 외적인 삶의 궤적을 찾게 되니 할아버지가 친일 관료였다는 안타까운 사실보다 잃어버린 할아버지를 찾은 기쁨이 더 크다. 오늘 난 민족문제연구소 회원이 되었다. 이것이 작지만 이 나라 이 민족의 역사를 바로 세우는 데에 벽돌 한 장 올리는 심정으로 내디딘 첫 걸음이며, 나의 집안 역사와 진실을 사죄하는 마음으로 이 글을 쓴다.

오랫동안 『친일인명사전』을 발간하시느라 수고하신 민족문제연구소 관계자 여러분께 깊은 감사를 드리고 국민과 역사 앞에 그리고 독립을 위해 목숨을 바치고, 고생하신 많은 분과 그들의 자녀들에게 친일파셨던 할아버지를 대신해서 한 친일파의 손자가 가슴 깊이 사죄드린다!

이것이 내가 공식적으로 무언가를 써 반향을 얻은 첫 번째 글이며, 이 책에 싣고자 조금 다듬어본 것이다. 당시 게시판에는 뜨거운 반응이 있었다. 얼마 후 민족문제연구소 사무국장으로부터 연락이 왔다. 내 글을 회보에 싣고 싶은데 허락해달라는 것이었다. 혼자 결정하기 어려웠다. "내 할아버지가 친일파입니다!" 하고 세상 앞에 커밍아웃해야 하는 게 어찌 쉬운 일이겠는가. 가족회의를 하고 동의를 구했더니 다행히 이해해주었다. 회보에 글이 실리자 인터넷 포털 사이트에 내 이야기가 넘쳐흘렀다. 당시 친일파 후손의 땅 문제가 사회적 이슈였기 때문이다. 신문과 방송에서 인터뷰 요청도 들어왔다. 사무국장이 미리 그럴 수 있다고 귀띔해주었다. 그렇게 해서 2011년 10월 19일, MBC 라디오 아침 방송 〈손석희의 시선집중〉과 인터뷰를 했다. 1년이 지난 2012년 8월 15일에 같은 주제로 〈서울신문〉에 칼럼을 싣게 되었다. 그날 오후에는 CBS 방송 〈김미화의 여러분〉과 인터뷰를 하기도 했다. 그 이후로 한동안 매년 8월이 되면 신문과 방송에서 인터뷰 요청이 들어오곤 했다. 한국 현대사에서 과거사는 미완결, 현재진행형 문제이기 때문이다. 나 역시 그 문제의 중심에 서 있다고 생각한다.

글쓰기 공부가 중년의 행로를 바꾸었다. 작가가 되고 싶어서가 아니라 막연한 꿈으로 시작한 글쓰기였다. 신문, 방송과 인터뷰하면서 "펜이 칼보다 강하다"라는 격언을 실감했다. 글쓰기를 포기할 수 없었다. 다음으로 찾아간 곳이 서울역 근처에 있는 숭례문학당이었다. 글쓰기 공부에 대한 자세도 달라져 있었다.

'그래, 글쓰기 대학원에 입학했다고 생각하고 최소 2년을 투

자하자.'

학당에서 글쓰기 강좌뿐 아니라 독서 토론 공부도 병행했다. 독서 모임을 제대로 하고 싶어서였다. 그것이 나에게 새로운 직업을 안겨주었다. 나는 독서 토론과 글쓰기 강사가 되었다.

인생의 어느 시점에 예기치 못한 사건을 만나 인생길이 바뀌기도 한다는 걸 여러 번 경험했다. 특히 40대 이후 10여 년이 격변기였다. 1996년에 근무하던 중소기업이 부도나서 길거리로 내몰렸고 임원으로 은행 대출에 연대보증을 해주었기에 신용불량자가 되었다. 외환 위기로 형제들의 사업이 망하게 되면서 어려움이 가중되었다. 형제로서 주었던 도움이 피해로 돌아왔다. 게다가 친구 사업에 투자했다가 배신을 당했다. 몸과 마음이 피폐해지고 허물어지기 직전이었다.

인생 최악의 시점이었다. 마음을 추스르려고 독서 모임에 참여했고, 글쓰기 공부를 시작했다. 다행히 그것으로 힘을 얻었고 새로운 친구를 만났다. 책으로 다른 사람들과 공감하며 소통할 수 있게 되었다. 홀로 있어도 외롭지 않았고 괴로움과 원망도 떨쳐낼 수 있게 되었다. 그때 '화려한 노후 준비는 끝났다'라고 생각했다. 물론 가족과 아내가 힘이 되었지만 공부는 스스로 자신을 긍정하고 견딜 힘을 주었다. 공저이지만 여섯 권의 책도 출간했다. 다행히 도와주는 사람이 있어 가능했다. '새옹지마塞翁之馬'라는 중국 고사가 떠오른다. 인생에서 행운과 불운은 혼자 오는 게 아닌 것 같다. 역풍도 있지만 순풍도 있고, 어려움을 견디면 좋은 일도 생기는 법이다. 힘들었던 시기에 시작한 공부가 중년에 새로운 직업이 되었다.

『고미숙의 몸과 인문학』(북드라망, 2013)에서 고전평론가 고미숙은 운명을 좋은 쪽으로 바꾸는 두 가지 방법을 말한다. '좋은 친구와 공부'다. 좋은 친구를 가까이하거나 공부하면 운명이 좋아진다는 말이다. 내 곁에는 멘토와 같은 최 선배가 있다. 독서 모임에서 함께 토론했고 글쓰기 공부로 나를 안내했다. 내가 공부했던 한겨레교육문화센터와 숭례문학당, 나아가 학교와 도서관에서 강의하고 있다. 최 선배와 같은 인생의 좋은 친구를 만나 독서 및 글쓰기 모임을 하게 되었고, 그 모임에서 공부하는 마음으로 쓴 글 하나가 내 인생 후반을 이렇게 바꾸었다. 고미숙의 말은 전적으로 옳았고, 내가 그 두 가지를 얻을 수 있었던 건 큰 행운이었다고 언제나 생각한다.

강사로
새 인생을 출발하다

철학을 공부하고 싶었던 10대엔 꿈에도 몰랐다. 50대에 글쓰기 강사가 될 줄은. 자발적 선택이라기보다는 우연한 만남 덕분이었다. 이 직업은 어느 날 갑자기 나에게 찾아온 행운의 선물이었다. 애초에 내가 계획하고 그 길로 가기 위해 준비한 것이 아니었다. 생각해보면 그런 행운을 만나려고 그렇게 돌고 돌아온 것이 아닌가 싶기도 하다. 인생의 고비마다 어떻게 고뇌와 갈등의 시간을 견뎌냈는지 의문이다. 많은 사람이 자기만의 짐을 짊어지고 살아가지만, 내 인생도 그러했다.

1996년 1월, 미국에서 돌아와 4년간 근무하던 부산의 수산 회사가 부도났다. 함께 운영하던 무역 회사도 자금 압박으로 문을 닫았다. 회사를 정리한 후 부산 생활을 마무리했다. "경험 얻자 돈이 떨어졌다"라는 당시 사장의 말이 아직도 귓가에서 맴돈다. 회사 분위기와 직원들의 팀워크는 좋았지만, 불의의 사고가 사업을 기울였다. 두 척의 배에서 화재가 난 것이다. 비즈니스 세계에서는 최선을 다했다는 말은 의미가 없다. 좋은 결과만이 의미가 있다. 살아남는 게 최선이다.

서울로 올라와 최 선배에게 일자리를 부탁했다. 당시 최 선배는 기업체의 직원들을 대상으로 교육하는 산업체 강사였다. 경기도 광주의 시계 회사에 나를 소개해주었다. 국내에서 벽시계를 만드는 회사 중 규모가 제법 큰 기업이었다. 국내 거래처가 많았고, 외국에 수출도 하는 회사였다. 사장과 면담했다. 무역 경험도 있고 영어도 가능해서 무역 업무를 맡기로 했다. 그런데 사장은 생각을 바꿔 회사 개혁을 도와달라며 전무로 발령을 냈다. 사장은 시계 기술자 출신으로 자수성가한 분이었다. 회사는 1988년 서울올림픽을 계기로 급성장하여 매출도 몇백 억 원대로 커졌다. 경기도 광주에 본사와 공장을 새로 지었다. 달콤한 시기는 거기까지였다. IMF 외환 위기가 와서 국내 거래

처들이 무너지면서 부도를 맞게 되었다. 다행히 외국 수출선은 유지되어 회사가 회생하는 중이었다. 그곳에서 근무한 지 1년 쯤 되었을 때, 회사와 공장을 지방으로 옮겨야 했다. 채권자에 의해 광주 건물과 공장이 경매되었기 때문이다. 나는 오랫동안 가족과 떨어져 살아왔기에 지방행을 포기하고 퇴사했다.

다음으로 소개받은 기업은 교육 회사였다. '신기한 한글나라' '신기한 영어나라'라는 프로그램으로 아기들을 교육하는 회사였다. 지사였지만 별도 법인이었고 교육과 상담으로 일하는 프리랜서 교사 숫자가 300명이 넘는 꽤 규모가 있는 기업이었다. 그곳에서 영어나라 단장을 맡았다. 단장의 역할은 100명이 넘는 교사들을 관리하고 교육하는 일이었다. 평일에는 책임자들과 회의를 하고 조회에서 강의했다. 정기적으로 직급별 교사 교육이 있었다. 조직에서 교육은 중요하다. 자기가 하는 일에 대한 가치와 자부심을 느끼는 직원과 그렇지 못한 직원은 실적 면에서 큰 차이를 보인다. 회사에서 교육을 강조하는 것도 그런 이유에서다. 교육은 직무수행을 위한 OJTon-the-job training 교육과 일에 대한 비전과 가치를 심어주는 교육으로 이루어졌다. 교육을 준비하면서 강사로서 기본과 기초를 다질 수 있었다. 사장과 전무의 지시로 다른 일에도 관여했다. 프랜차이즈 어린이 영어 전문 학원 개원을 도맡아 진행했고, 미용 사업에도 참여했다. 후자는 일본에서 수입한 화장품으로 운영하는 피부 관리 사업이었다. 5개 지사 개설을 총괄했다. 다음 해 연봉 협상에서 처음 연봉보다 50퍼센트를 더 받게 되었다. 사장과 전무는 대화가 되고 일하는 방식이 맞는다며 오랫동안 함께하자고 말했다. 나 역시 일이 즐겁고 재미있었다.

우리의 갈등은 영어 학원 운영에서 시작됐다. 원래 나이 여할은 개원까지였다. 원장과 직원은 이미 뽑아놓았으니 나는 물러나면 되었다. 그런데 전무는 학원이 안정될 때까지 내가 원장을 겸임하기를 원했다. 이미 뽑아놓은 원장은 부원장으로 불렸지만, 실제로는 학원 경영을 전담했다. 예상과 달리 개원 후 몇 개월이 지나도 손익분기점을 넘기지 못했다. 그러다 보니 전무가 학원 운영에 직접 관여하면서 갈등이 시작됐다. 사장과 전무는 부부였다. 이들과 경영 철학이 달랐고, 책임자인 나를 고용한 이유를 알 수 없는 지경에 이르렀다. 결국 사표를 썼다.

그 후 프리랜서로 일하기로 마음먹었다. 나이 들어갈수록 남의 밑에서 일하는 게 싫었다. 교육 프로그램에 수강 등록을 하고 공부하면서 살펴보았다. 여러 가지 강좌가 있었지만 비전 프로그램이 마음에 들었다. 내용과 비용이 합리적이었다. 먼저 강사 과정을 수료한 후, 최 선배에게 소개했다. 최 선배는 함께 독서 모임을 하는 이 박사에게 소개했다. 이렇게 비전 강사 과정을 마친 세 사람은 의기투합하여 비전스쿨 수원 지사를 만들었다. 이 박사가 운영하는 청소년 교육 단체를 기반으로 삼았다. 몇 년 동안 경기도 지역의 청소년을 대상으로 교육을 했다. 또 기업이나 조직, 단체에 강사로 조금씩 출강하게 되었다. 강의 횟수는 많지 않았지만, 조금씩 경력을 쌓아갔다. 주위 도움을 받기도 했다. 인천에서 강사로 활동하는 한 선생은 인천 노인인력개발센터를 소개해주었다. 이곳에서 몇 년 동안 노인들을 대상으로 강의를 했다.

2011년 여름, 숭례문학당에서 글쓰기와 독서 토론 과정을 수료했을 때 학당 강사로 일할 수 있겠느냐는 제의가 들어왔다. 학당 강사가 되려고 온 것은 아니었지만 기분이 좋았다. 강사로서 또 다른 영역에서 일할 기회의 문이 열렸기 때문이다. 2012년 서울문화재단의 '한 도서관 한 책 읽기' 프로그램에서 독서 토론 강사로서 본격적으로 참여했다. 이 사업을 숭례문학당이 맡았다. 서울시 80여 개 도서관의 성인, 청소년, 초등학생, 미취학 아동이 독서 토론을 하는 것이다. 강사들은 선정 도서를 읽고 논제를 발제하여 각 도서관에 가서 독서 토론을 진행했다.

주 강사를 지원하는 보조 강사로 한 프로그램에 참여하기도 했다. 국립중앙도서관이나 국립어린이청소년도서관에서 진행되는 공공 도서관 사서 교육이었다. 일반 강의 때와 마찬가지로 다른 강사의 강의를 청강하고 녹음하고 분석하며 강의안과 프로그램을 준비했다. 인천 수봉도서관에서 독서 동아리 회원들을 대상으로 독서 토론 프로그램을 2년간 진행했다.

본격적으로 독서 토론 리더 과정을 진행하는 강사가 된 때는 2013년 1월이다. 열심히 준비한 것이 꽃을 피우게 된 것이다. 이천교육청과 양평교육청에서 학교 도서관 사서들을 교육했다. 서울시교육청 양천도서관에서는 15주 차로 시니어 독서지도사 과정을 진행했다. 60~80대 노인을 대상으로 독서 토론 리더 과정을 교육하여, 그들이 도서관에서 학생들에게 재능을 기부할 수 있도록 기획한 프로그램이다. 이 강좌는 내가 독서 토론 강사로서 굳건히 자리 잡을 수 있는 계기가 되었다. 수강자의 반응이 좋아서 도서관에서 추가로 저녁 프로그램을 진행하게 되었고, 다른 도서관과 연결되었다. 강연 요청이 꼬리에 꼬리를 물고 이어져 독서 토론 강사로서 경험이 늘고, 점차 경력과 관록이 쌓이게 되었다. 매년 강의 횟수가 폭발적으로 늘었다. 다른 일반 강의를 포기하는 수준이었다.

잘 팔리는 상품은 쉼 없이 제작되듯이 강연도 그렇다. 강연은 강사가 만드는 상품이고, 이 상품이 좋으면 강연 요청이 연잇는다. 강의 결과가 어떤지 수강자들의 분위기나 교육 담당자에게 물어보면 알 수 있지만, 확실하게 아는 세 가지 방법이 있다. 첫째, 교육 담당자에게 연락이 오는지 여부다. 강의가 좋지 않으면 교육 담당자로부터 다시 연락이 오지 않는다. 초보 강사라면 누구나 겪어야 하는 과정이다. 그렇다고 실망하기엔 이르다. 처음부터 무엇이든 잘하는 사람은 없다. 하면 할수록 좋아지고 나중에는 실력 있는 강사가 된다. 연습이 최고를 만든다. 처음에 실패했다 하더라도 포기하지 말고 계속 공부하며 도전할 일이다. 만약 결과가 좋다면 다시 교육 요청이 들어온다. 수강자나 교육 담당자가 만족했다는 의미다. 국립중앙도서관 사서 교육에 참여했던 평택시립안중도서관 사서가 나를 기억하고 교육을 진행해달라고 연락이 왔다. 그 인연은 다음 해에 다른 프로그램으로 이어졌다. 김포 중봉도서관 독서 토론 리더 과정은 2014년에 시작되어 4년간 계속됐다. 글쓰기 과정으로도 이어졌다. 2015년 하상장애인복지관의 점자도서관에서 시작된 시각장애인 독서 토론 '책 톡 마음 톡톡' 프로그램은 6년간 진행하다가 코로나19로 인해 잠시 중단된 상태다. 2018년 아산시립중앙도서관이 개관되면서 강의 요청이 들어왔다. 담당 사서가 서울 상계문화정보도서관에서 근무할 때 내 강의를 들었다며 강의를 요청했다. 지금까지 강의가 이어지고 있다.

둘째, 입소문이 나는지 여부다. 만약 모르는 곳에서 강의 요청이 들어온다면 이전 강의를 특별히 잘했다고 생각하면 된다. 어떻게 나를 알게 되었냐고 담당자에게 물어보면 다른 곳에서 소개받았다고 한다. 2014년 어느 날, 아산 송곡도서관 사서로부터 연락이 왔다. 평택시립안중도서관 사서에게 소개받았다고 했다. 그렇게 해서 독서 토론 프로그램을 진행했다. 이것은 나중에 천안시 중앙도서관 사서 교육으로 연결되었다. 그 교육에 참여했던 천안 쌍용도서관의 담당자가 교육을 요청했다. 이 프로그램은 다음 해에 글쓰기 과정으로 이어졌다. 사람은 누구나 만족하고 감동하면 자랑하고 싶은 마음이 든다. 그러면 자연스럽게 다른 사람에게 말하게 된다. 그런 '입소문 효과'는 의외로 크다. 교육 담당자들은 늘 좋은 강사를 찾으려고 한다. 자기들 네트워크를 활용하여 좋은 강사를 소개하기도 하고 소개받기도 한다. 수강자들의 만족도가 높다면 교육 담당자의 수첩에 좋은 강사로 기록된다. 강사라면 수강자들을 만족시키는 것은 기본이고 교육 담당자들이 프로그램을 기획하는 것을 도와주면 더 좋다. 전문적인 컨설팅을 하는 것이다. 그러기 위해서는 늘 준비와 노력이 필요하다. '고객 만족'을 넘어 '고객 감동'을 이끌어내는 강사가 되어야 한다. 독서와 글쓰기 강사라고 해서 고상한 마음가짐으로 하면 안 된다. 이런 자세는 어떤 분야에서 일하더라도 갖추어야 할 기본이다.

강사는 늘 공부하는 사람이다. 프로그램을 기획하고 도서를 선정하려면 그만큼 책을 읽고 글도 써야 한다. 자기 분야의 책을 저술한다면 금상첨화다. 농작물은 농부의 발소리를 들으며 자란다고 한다. 농부가 매일 논과 밭에 나가는 것처럼 강사는 공부가 일상화되어야 한다. 하루를 공부하지 않으면 내가 알고, 이틀을 공부하지 않으면 네가 알고, 사흘을 공부하지 않으면 모두가 안다. 끊임없이 공부하는 것만이 좋은 강사가 되는 최고의 비법이다. 『논어論語』 '옹야편雍也篇'에서 공자는 말한다. "아는 사람은 좋아하는 사람보다 못하고, 좋아하는 사람은 즐기는 사람보다 못하다知之者 不如好之者, 好之者 不如樂之者." 첫 직업이었던 선박 엔지니어를 시작으로 40여 년간 여러 직업을 전전하다가 마침내 강사가 되었다. 많은 분야에서 일을 했지만 마음의 허기를 채우지 못했다. 피할 수 없다면 즐기라고 하지만 말처럼 쉬운 일이던가. 인생 후반에 강사 생활을 하면서 내적 충만함을 느낀다. 즐기면서 하는 일이기에 더 밀릴 나위가 없다. 언제까지 이 일을 할 수 있을지는 모르지만 늘 즐기면서 일하고 싶다.

이 일로 큰돈 벌기는 어려워요,
하지만

　지금 좋은 직장에 다닌다고 하더라도 직장인의 미래는 그리 밝지 않다. 앞으로 평생직업이란 말은 있어도 평생직장이란 말은 사라질 것이다. 한국전쟁 이후에 태어난 베이비부머는 평생직장의 혜택을 받은 마지막 세대가 아닐까 싶다. 다른 나라들 형편도 마찬가지다.

　미국의 미래학자 토머스 프레이는 4차산업혁명이 진행됨에 따라 2030년에 경제 활동을 시작하는 사람은 평생 8~10개 직업을 바꿔가며 일하게 될 것이라고 전망했다. 평생직장의 시대가 끝났다는 말이다. 2007년 하버드 대학교 최초 여성 총장으로 취임했던 드루 파우스트는 대학에 인문학 프로그램을 개설했다. 당시 다른 대학은 물론 하버드 대학교 내에서도 시대착오적인 정책이라고 평가했지만 그의 생각은 달랐다. 그 프로그램은 하버드 대학교 졸업생의 첫 번째 직업과 삶을 위한 것이 아니라 다섯 번째 혹은 여섯 번째 갖게 될 직업과 그때의 삶에 도움을 주려는 것이라고 역설했다. 그는 그때 이미 교육에 변화가 필요함을 알고 미래를 준비하기 시작한 것이다. 교육은 역시 백년대계다.

각 분야 전문가들의 이런 전망은 우리 아이들은 미래에 직장을 몇 번 바꾸어야 한다는 뜻이다. 기업은 언제든지 경영 환경이 어려워지면 직원들을 줄일 것이기 때문이다. 한때 이런 구조조정을 다운사이징downsizing 혹은 아웃소싱outsourcing이나 리스트럭처링restructuring이란 말로 포장했다. 결국 조직과 인원을 감축하겠다는 말의 다른 표현일 뿐이다. 기업은 비용을 줄이고 수익을 늘릴 수만 있다면 활용 가능한 모든 합법적인 수단과 방법을 가리지 않는다. 그것이 기업이 생존하는 방식이다. 신입 사원 면접장에서 "나는 이 회사에서 뼈를 묻겠습니다"라고 응시자가 말한다면 감점 요인이 될 것이다. 그런 직원은 나중에 기업에 부담으로 작용하기 때문이다. 만일 자녀가 회사와 조직에서 핵심 인재라면 걱정할 필요가 없다. 그런 필수 요원이라면 구조조정을 당할 염려가 없으니까. 하지만 그런 인재는 항상 소수에 불과하다. 이제 비즈니스는 국내 기업 간의 경쟁은 기본이고 그것을 넘어서서 세계적인 기업들과 경쟁을 해야 한다. 비즈니스 세계는 힘센 자만 살아남는 약육강식의 정글이다. 많은 이가 그러듯 스스로 준비해야 하는 각자도생各自圖生의 시대가 도래했다.

나 역시 미래를 위해 별도로 준비하지 못했다. 시대가 어떻게 변해가는지 궁금하지도 않았다. 청춘 시절은 오로지 꿈에 목표를 두고 돌진했다. 여러 회사에서 일했지만 그것은 꿈을 찾아가는 길에서 만난 방편이었을 뿐이다. 30대 초 공부를 위해 회사에 사표를 쓰고 한국을 떠났다. 마지막 기회라고 생각했다. 미국에 들어갈 때 목표는 박사 학위를 받고 귀국해 대학에서 강의하는 것이었다. 하지만 그 꿈에는 현실적인 한계가 있었다. 학업을 뒷받침할 수 있는 경제력이 문제였다. 10년은 버틸 수 있어야 했다. 미국에 들어가서야 현실을 바르게 인식했다. 결국 포기할 수밖에 없었다. 하지만 미리 포기하지 않고 그곳까지 가서 깨달았기에 여한은 없었다. 만일 도전조차 하지 못했다면 마음속에 미련을 담고 살았을 것이다. '도전해볼걸',

'시도해볼걸', '가볼걸'. 어쨌든 도전했고 공부했고, 한계를 알았기에 그것으로 만족했다. 그렇게 꿈에서 멀어지고 현실에 맞춰 살다가 중년 이후에 진짜 좋아하는 일을 찾게 되었다. 그것이 바로 프리랜서 강사다.

프리랜서freelancer란 조직에 소속되지 않고 특정 조건에 따라 계약을 맺고 일하는 사람이다. 이 단어는 중세 서양에서 영주와 용병으로 계약하여 보수를 받고 써온 칭기병lancer에서 유래한 말이다. 이런 자유 계약직에는 교육 강사, 자유기고가, 저널리스트, 음악가, 작가나 배우 등이 있다. 강사는 특정 회사에 소속돼 있어도 건당으로 일하지만 직원은 아니다. 직원이라면 매일 회사에 출근해서 여덟 시간 자리를 지키며 일해야 한다. 상사의 지시를 받아야 하고 맡겨진 업무를 잘 수행하며 성과를 내야 한다. 매월 일정하게 봉급을 받고 4대 보험과 사내 복지 혜택을 받는 등 안정적인 직업이다. 나 역시 한때 회사에서 일한 적이 있었다. 20대에는 엔지니어로 선박 생활을 했고, 30대에 중견 기업에서 중간 간부로, 나중에는 중소기업에서 임원으로 일했다. 대기업에 비해 보수와 혜택이 부족했지만 나름 즐거웠고 보람과 성취감도 있었다. 이제 프리랜서 강사로 노년의 인생을 새롭게 살아가고 있다. 강사로 성취감과 행복감을 느끼며 일한다.

지금까지 프리랜서 강사를 하면서 몇 사람에게 상담을 해주었다. 한 사람은 회사의 40대 중견 간부로 나름대로 자리를 잡은 남성이었는데, 직장을 그만두고 강사를 하고 싶다고 했다. 독서 토론과 글쓰기 공부를 해보니 즐겁고 행복하다는 것이 그 이유였다. 나는 조심스레 질문했다.

"혹시 부인이 직장을 다니고 있습니까?"

"아니요!"

"그럼, 회사를 퇴직해도 3년에서 5년 정도 생활할 수 있는 여유 자금을 가지고 있나요?"

"아니요!"

"그럼 어렵겠는데요. 강사라는 직업은 교육할 곳에서 불러주면 강사이고 아니면 백수입니다. 선생님이 이 분야에서 수련하고 경력을 쌓는 일정 기간이 필요한데요, 그러려면 그 기간을 견딜 수 있는 협조자나 경제적 여유가 필요해요."

잠시 침묵하던 그는 어깨를 축 늘어뜨린 채 돌아갔다. 같은 경우가 한 번 더 있었다. 가족을 먹여 살려야 하는 가장이라는 무거운 짐이 좋아하는 일을 하지 못하게 발목을 잡은 것이다.

최근에는 한 50대 공무원이 나를 찾아왔다. 퇴직 후 미래를 준비하기 위해 공부하고 있는데 내가 자신의 역할 모델이 될 수 있을 것 같다는 것이다. 이야기를 나눠보니 충분한 가능성이 보였다. 근무처인 농업 분야의 연수원에서 가끔 강의도 한다고 했다. 그에게 몇 가지 충고를 해주었다. 먼저 공부를 계속하면서 실력을 쌓아라, 이쪽 일을 시작할 때는 기반을 닦는 데 몇 년이 걸릴 수 있으니 우선 그쪽 연수원에서 강의할 수 있는 길을 먼저 찾아라, 일하는 곳에서 먼저 강사 일을 경험하면서 이쪽 일도 시작하라, 두 가지 일을 병행해 어느 정도 궤도에 오르면 그때 어느 쪽에 전념할지 결정하면 된다, 당신은 공무원으로 퇴직하고 연금도 받을 수 있으니 노후에 경제적 부담 없이 즐겁게 일할 수 있을 것이다. 그는 하루 휴가를 내고 일산에서 군포의 우리 동네까지 찾아왔다. 함께 점심을 먹고 커피숍에서 차를 마시며 반나절을 이야기 나누었다. 돌아가는 그의 발걸음이 가벼워 보였다.

지금까지 나를 따라 강사가 된 사람은 네 명이다. 모두 중년 여성으로 나의 제자(!)들이다. 도서관 독서 토론 프로그램에서 강사와 수강생으로 만났다. 두 사람은 2014년 서울특별시교육청 강서도서관에서, 다른 사람은 2016년 김포 중봉도서관에서 만났다. 또 한 사람은 2018년 강서 우장산숲속도서관에서 인연을 맺었다.

먼저 강서도서관 수료생 한 분이 나를 찾아왔다. 당시 한겨레교육문화센터에서 글쓰기 과정을 진행할 때였다. 첫 책인 『이젠, 함께 읽기다』(북바이북, 2014)가 출간되었을 때 독서 회원들과 함께 축하해주러 찾아왔다. 그때 나처럼 성인 교육 강사가 되고 싶다고 고백했다. 집에서 학생들을 가르치는데 이제 싫증이 난다고 했다. 본인이 가정 경제를 책임지느냐고 물었더니 아니라고 했다. 2015년 초부터 공부를 시작하고 다음 해에 강사가 되었을 뿐 아니라 시간이 지나자 책도 출간한 저자가 되었다. 다음으로 김포 중봉도서관에서 만난 수강생이 도전했다. 2017년에 강사가 되었다. 강서도서관 다른 한 분은 남편과 함께 식당을 운영하느라 바빠서 도전하지 못하고 강사가 된 동료를 부러워했다. 남편이 식당을 정리하고 다른 일을 시작하자 곧바로 '자유'를 선언하고 '하고 싶은 일'을 하겠다며 나를 찾아왔다. 그 역시 공부하고 2017년에 강사가 되었다.

이들에게 선배 강사로서 충고했다.

"이 일로 큰돈 벌기 어려워요. 당장 생활비를 벌려면 다른 일을 해야 해요. 하지만 평생직업으로 좋아하는 일 하면서 돈을 벌 수 있다는 게 장점이에요."

사실이다. 일단 강사가 되면 매년 경력이 쌓일 것이고 불러 주는 곳은 점점 많아진다. 소득도 시작할 때는 적지만 점점 나아진다. 나도 처음 목표는 100만 원이었다. 노후에 좋아하는 일을 하면서 월 100만 원 정도 벌 수 있다면 좋겠다고 생각했다. 당연히 강사를 시작할 때는 교통비 정도 벌면서 일했다. 한 달에 강의를 몇 번 못 했으니 당연하다. 시간이 지나면서 조금씩 늘었다. 돈이 목표가 아니라 좋아서 시작한 일이어서 그냥 즐거웠다. 경력이 쌓여감에 따라 경제적 목표를 달성했을 뿐만 아니라 책까지 출간하게 되어 일석이조가 되었다. 시간 강사지만 대학에서 강의도 하여 생각지도 않던 다른 꿈도 이루었다. 제자들도 이처럼 첫 마음으로 꾸준히 노력하는 자세를 유지했으면 해 조언을 했다. 같은 길을 가는 그들이 있어서 나 역시 큰 힘을 받기 때문이다.

프리랜서는 정년이 없다. 능력이 있으면 자기가 하고 싶을 때까지 일할 수 있다. 『100세 일기』(김영사, 2020)를 출간한 100세 청춘 김형석 박사가 있지 않은가. 작가이자 강연자로서 굳건히 살고 있는 그가 나에게는 인생의 이정표이자 역할 모델이다.

강사로서 나의 전문 분야는 독서법, 독서 토론과 글쓰기다. 이 분야에 도전하려면 몇 가지 조건이 맞아야 한다. 일종의 진입 장벽이라고 할까.

첫째, 책을 좋아하는 사람이어야 한다. 독서 토론과 글쓰기를 강의하는데, 책을 좋아하지 않는 사람이라면 쉽지 않다. 독서가 취미가 아니고 생활인 사람, 어려서부터 독서 습관이 몸에 밴 사람이라면 좋다. 그런 취미가 강사라는 직업으로 연결될 수 있다. 나 역시 책을 좋아하고 글쓰기 공부를 하다 보니 자연스럽게 강사의 길로 들어섰다.

둘째, 다른 사람 앞에서 말하기를 즐겨야 한다. 그런 능력을 타고난 사람이라면 유리하다. 책을 좋아하고 독서를 습관으로 가지고 있어도 다른 사람 앞에서 말하는 것을 두려워한다면 강사가 되기 어렵다. 두려움은 없으나 단지 기술이 조금 부족할 뿐이라면 스피치 훈련을 전문적으로 받으면 된다.

셋째, 글쓰기 공부를 해야 한다. 읽기와 쓰기는 동전의 양면이다. 잘 읽어야 잘 쓸 수 있다. 독서 토론뿐 아니라 글쓰기 강사도 해야 한다. 그래야 강사로서 제대로 대접받을 수 있다. 글쓰기 시장은 블루 오션이다. 일상이나 직장에서도 글쓰기 능력이 중요한 시대가 되었다. SNS뿐만 아니라 업무에서도 글쓰기가 필요하다. 종로여성인력개발센터에서 강의할 때 참여한 수강생 중에 직장인이 많았다. "윗분이 글쓰기를 배우라고 했어요"라며 지원 동기를 밝힌 수강생이 여럿이었다. 글쓰기에 대한 욕구와 필요성을 느끼는 사람이 점점 많아지면서, 나와 같은 시니어 강사도 어엿하게 설 자리가 많아졌다. 인생 후반부의 직업을 고민하고 있다면, 자신이 무엇을 잘하고 좋아하는지, 좋아하지만 부족한 점은 무엇인지 객관적으로 생각해 도전하고 준비하면 좋겠다.

강사로서 활동한 지 10년이 지났다. 이 분야의 일을 하면서 늘 새로운 친구를 만난다. 학교와 도서관에서 만난 학생과 교사, 사서와 일반인의 숫자는 어림잡아 2,000명이 넘는다. 독서 토론과 글쓰기 프로그램은 짧으면 6회에서 길면 20회까지 진행된다. 몇 개월 동안 함께 책을 읽고 토론하며 글을 쓴다. 오랜 기간을 함께하니 서로 친해진다. 내가 다른 분야의 강의를 포기하고 독서 토론과 글쓰기 강의에 전념하게 된 것도 강사와 수강생 간에 이루어지는 소통과 공감이 좋아서였다. 일반 강의는 강사가 말하고 청중은 듣는다. 그런데 독서 토론과 글쓰기 강좌는 강사와 수강생이 대화하는 방식이다. 여기에서 교학상 장教學相長이 일어난다. 강사와 수강생이 함께 성장한다. 강좌를 마치면 끝나는 인연이 아니라 이후에도 독서 클럽과 글쓰기 모임으로 연결된다. 모임의 고문으로 나를 초대한다. 강사를 은퇴한 후에도 찾아갈 글벗들이 여러 곳에 있다. 공자는 이런 즐거움에 대해 『논어論語』 '학이편學而篇'에서 이렇게 말했다. "배우고 때로 익히니 또한 기쁘지 아니하냐學而時習之 不亦說乎. 벗이 있어 먼 곳으로부터 오면 또한 즐겁지 아니하냐有朋自遠方 來 不亦樂乎."

인생 전반에 필요한 여건 가운데 하나는 경제적 안정도 있겠지만, 나이를 먹어갈수록 깨닫게 된다. 그것 못지않게 자신이 좋아하는 일을 하며 기쁨을 느끼고, 그 좋아하는 일을 벗들과 함께하는 것 말이다. 그런 의미에서 나는 진정한 기쁨과 행복을 누리고 있다.

댄디
시니어

1980년대 중반 직장 생활을 시작하면서 양복을 입었다. 양복 정장에 검은 구두, 문제는 양말이었다. 하얀색 면양말을 신었으니 지금 생각해도 우습다. 패션 감각이 없는 코디네이션이었으니 말이다. 패션에 대한 관심은 30대 중반 미국 유학 중에 생겼다. 학교에서 만난 외국 친구들이 모두 멋져 보였다. 미국 친구만이 아니라 유럽에서 온 친구들도 달라 보였다. 비싼 옷을 입어서 그런 것은 아니었다. 자기 생활 수준에 맞게 입었지만 스타일이 좋았다. 색상과 스타일이 잘 어울렸다. 머리부터 발끝까지 각자 자신만의 패션 감각을 드러냈다. 그들에겐 그런 것이 일상이었다. 문화생활 속에서 길러진 패션 감각이라 여겼다. 의복, 머리 모양 등 겉모습에 맵시를 추구하는 건 어느 정도 먹고사는 문제가 해결되었을 때 드러나는 문화 현상이 아닐까. 최근 한국 문화와 패션 수준을 보면 더욱 그런 생각이 든다.

미국에서 돌아온 1990년대 초, 부산의 한 수산 회사에서 일하면서 패션에 신경을 썼다. 남에게 물어볼 수 없으니 책으로 공부했다. 그때 도움이 되었던 책이 패션모델 김동수가 쓴 『성공하는 남자의 옷입기』(까치, 1993)다. 뒤표지 안쪽에 써놓은 메모를 보니 부산 영도의 서점에서 산 책이다. 1993년 8월이니 근 30년 전 일이다. 회사 생활을 하면서 코디하는 데 도움이 됐다. 특히 책의 중간에 있는 "성공하는 옷입기의 컬러 코디네이션" 부분이 좋았다. 30여 쪽이 모두 컬러 그림으로 인쇄되어 있었다. 양복과 캐주얼, 스포츠웨어, 드레스 셔츠와 넥타이까지 다양하게 설명했다. 그림을 보고 쉽게 따라 할 수 있었다. 양복은 검정, 감색과 회색이 기본이고, 더블 양복일 경우 상의와 바지의 색상을 달리하면 양복이 몇 벌 늘어난 효과를 줄 수 있었다. 거기에 드레스 셔츠와 넥타이를 바꾸면 또 스타일이 달라졌다. 양말의 색상도 옷에 맞췄다. 구두는 검정과 갈색이 기본이고, 캐주얼 신발과 스니커스도 옷에 맞게 신었다.

　나의 패션 생활을 돌아보게 한 '사건'이 있었다. 2000년대 초반의 일이다. 시계 회사에서 일하다가 최 선배의 소개로 교육 회사로 이직할 때다. 최 선배는 당시 그 회사의 이사였다. 면접을 보러 간 날 사장과 전무와 면담했다. 대화를 나누던 중 전무가 이렇게 말했다. 내 머리 스타일을 지적받은 최초의 에피소드다.

　"머리가 많이 없으시네요."

　"나이 들어 보이나요? 그럼 출근 전에 변신해보죠."

　40대 초반부터 스트레스로 앞이마가 벗겨지기 시작했다. 아버지도 그랬으니 유전적인 면도 없지 않았다. 그동안 머리에 신경 쓰지 않고 살아왔는데 지적을 받은 것이다. 회사에는 젊은 여성 직원들이 300명이 넘게 있었다. 호감을 주는 외모는 아니더라도 대면했을 때 무난했으면 싶었다. 머리 모양 지적이 더욱 신경 쓰일 수밖에 없었다.

　변신하고 본부장으로 출근했다. 가발로 앞이마를 가렸다. 당시 회사 근처에 있는 '하이모'라는 가발 전문 업체에서 맞췄다. 번갈아 쓰기 위해 가발 두 개를 주문했는데 당시 200만 원 정도의 고가였다. 그 회사에서 일하는 동안 가발을 쓰고 다녔다. 앞머리를 덮는 부분 가발로, 핀으로 머리에 고정하는 착탈식이었다. 처음에는 가발을 쓰고 다니는 것이 어색하고 불편했다. 누군가가 물어볼 것 같았다. "혹시 가발 쓰셨나요?" 가짜 머리를 달고 보니 늘 머리 스타일에 신경이 쓰였다. 바람이 부는 날 머리가 흐트러지는 것도 싫었다. 가끔 실수로 머리를 어딘가에 부딪히면 가발을 고정하는 핀이 생머리를 잡아당겨 무척 아팠다. 회사를 그만두었을 때 첫 번째 한 일이 가발을 벗어 던진 것이다.

'아, 편하다. 대머리면 어때, 생긴 대로 편하게 살아야지.'

이후 가발을 쓴 적이 없다.

대머리는 때로 걸림돌이 되기도 한다. 교육 회사를 그만두고 강사로 활동할 때 일이다. 충북 지역 운전자 강의를 하러 가는 최 선배를 따라갔다. 최 선배가 나를 그곳 교육 담당자에게 소개하기 위한 이유도 있었다. 사무실에서 함께 차를 마시며 정담을 나누다가 담당자가 불쑥 물었다.

"윤 선생님이 최 교수님 선배신가요?"

(잠깐의 침묵)

"아닙니다. 제가 후배입니다. 더 나이 들어 보이나요?"

이럴 수가. 내가 그렇게 나이 많이 먹어 보이나? 최 선배는 나보다 세 살 위로 작은형과 같은 나이였다. 당시 나는 50대 후반이었고, 최 선배는 60대 초반이었다. 나이를 의식하지 않았는데 비교당하자 또 대머리를 생각하게 되었다.

'아, 내가 대머리 때문에 나이 들어 보이는구나.'

물론 개의치 않고 운전자 교육을 무사히 마쳤다. 교육생들은 개인 택시나 버스, 트럭을 모는 제법 나이가 있는 남성이었으나, 수강자들의 성별과 연령을 떠나 점차 내 훤한 머리가 더욱 신경 쓰이게 됐다.

마침내 변신할 기회가 우연히 찾아왔다. 2013년 7월, 여름 초입이었다. 책 쓰기 모임에서 패션 컨설턴트 박 선생을 만났다. 그는 남성 패션 책을 준비 중이었다. 대기업을 다니다가 그만두고 자신이 좋아하는 패션 일을 하는 30대 중반 남성이었다. 패션 강의와 남성 고객을 상대로 스타일을 컨설팅하는 일을 한다고 했다. 상담이 들어오면 머리끝부터 발끝까지 종합적으로 고객의 패션을 변신시킨다고 했다. 당시 패션 컨설팅 비용은 약 300만 원이었다. 어느 날, 그에게 부탁했다.

"내가 대머리인데 민머리로 변신하면 어떨까요? 조언해주세요."

나를 앞에 세우고 돌아보라고 했다. 잠시 생각하더니 이렇게 말했다.

"선생님은 두상이 예뻐서 머리를 밀어도 괜찮겠어요. 얼굴 위로 변신하는 방법에는 세 가지가 있어요. 하나는 머리 스타일, 둘째는 얼굴 색깔, 셋째로 안경이에요. 선생님은 안경 안 쓰시나요?"

"네, 아직은 시력이 좋은 편이라서요."

미팅을 마치고 그와 함께 명동으로 갔다. 먼저 지인의 안경점을 찾아갔다. 그곳에서 다양한 스타일의 안경을 써보라고 했다. 열여덟 번째 안경이 당첨되었다. 그는 그 안경이 내 얼굴과 잘 어울린다고 했다. 근처에 있는 직장에서 근무하는 아내에게 전화했다.

"여기 조 사장 안경점이에요. 퇴근하면서 내 안경을 찾아오세요. 당신이 선물해주면 좋겠어요."

아내는 안경점의 단골이었다. 안경을 쓰지 않던 나는 안경 가격이 몇십만 원이라는 게 생경했다. 아내에게 선물을 해달라고 떠넘겼다. 다음으로 쇼핑몰에 있는 중저가 캐주얼 브랜드 매장으로 갔다. 그곳에서 청바지와 면바지, 재킷과 셔츠, 허리띠에 넥타이까지 세트로 샀다. 골라준 옷을 입어보는데 몸에 붙는 느낌이었다.

"좀 불편하네요. 너무 끼는 것 아닌가요?"

"패션은 원래 약간 불편한 법입니다. 그래야 옷맵시가 살아납니다. 젊은이들이 핫바지 입는 것 보셨나요?"

오 마이 갓! 패션의 길이란 이처럼 험난한 것이구나! 근처 구두 매장에서 신발도 두 켤레 샀다. 감색 캐주얼 신발과 흰색 스니커즈. 우와, 오늘 나를 위해 많은 투자를 했구나. 패션 조언에 대한 고마움으로 점심을 샀다. 컨설팅 비용이 너무 적은 것 아니야!

이전에도 몇 번 아내에게 머리 모양에 대해 물어봤다.

"도올 선생처럼 내 머리를 밀면 어떨까요?"

"왜요? 절에 들어가시려고요?"

설득할 이유나 근거가 부족해서 더 말하지 않았다. 그런데 이번에는 다르지 않은가. 패션 전문가의 조언이니 자신감이 있었다. 결국 일을 벌였다. 귀갓길에 동네 이발소에 갔다. 머리를 밀어달라고 했다. 이발사는 '무슨 일이 있었나' 하는 표정을 지었다. 머리를 시원하게 밀어버렸다. 전문가의 조언을 받았으니 무슨 장애가 있겠는가. 이렇게 머리부터 발끝까지 패션 스타일을 바꾸고 강의하러 갔다가 아는 강사를 만났다. 그와 커피를 마시며 이야기를 나누는데 "멋지네요. 몇 년은 젊어 보여요"라며 칭찬을 들었다. 달라진 모습으로 모임에 갔더니 박 선생이 보기 좋다며 칭찬했다. 패션 잡지를 소개해달라고 했다. 이탈리아식 남성 패션 잡지라며 〈레옹〉을 추천했다. 그때부터 6년간 그 잡지를 구독했다. 유럽 남성들 사진이 많았다. 패션모델도 외국인 위주였다. 그들의 패션을 보면서 나에게 응용했다. 박 선생은 현재 매장을 내고 남성 패션 분야에서 전문가로 일하고 있다.

강사를 하면서 만나는 수강생 대부분이 여성들이다. 교육 회사에서 본부장으로 일할 때 상대했던 교사들이 20, 30대 젊은 여성들이었고, 지금 만나는 수강생의 대부분은 40, 50대 중년 여성들이다. 강사로서 깔끔하고 세련된 모습으로 그들 앞에 서고 싶다. 인간관계에서도 첫인상이 중요하지 않던가. 강좌에서 첫 강의를 할 때 '나의 변신' 사건을 말하곤 한다. 철학자 도올 김용옥과 광고인 박웅현을 변신의 모델로 말한다. 여기에 동창회 에피소드를 곁들인다. 동창 모임에 참석했는데 오랫만에 만난 친구가 묻는다.

"야, 너 웬일이냐? 입산수도할 거냐?"

"인마, 이건 패션이야. 도올 선생이랑 비슷하지 않냐?"

"웃기시네. 문어 닮았어, 인마!"

이 에피소드를 이야기하면 강연장은 웃음꽃으로 가득 찬다. 가끔 수강생이 몇 살이냐고 묻는 경우가 있다. 나이를 말하면 놀라면서 그렇게 보이지 않는다고 한다. 듣기 좋으라고 하는 말이겠지만 기쁘다. 변신이 성공한 셈이니.

율 브리너 스타일로 바꾼 후 처음에는 매주 세 번 머리를 밀었다. 민머리의 정석은 '반짝임'에 있으니까. 잔털이 올라오면 보기 싫어서 곧바로 밀었다. 이발소에 가지 않고 직접 했다. 지인 중 나처럼 민머리인 강사가 있었다. 어떻게 머리를 미느냐고 물었더니 6날 면도기를 사용하라고 알려줬다. 즉시 6날 면도기를 사서 해보니 별로 어려움이 없었다. 셰이빙 폼을 머리에 바르고 머리를 밀었다. 보이지 않는 뒷머리는 손으로 만져가면서 했다.

자주 하다 보니 피부 트러블이 생겼다. 면도날이 두피를 자극하면서 뾰루지가 생기기 시작한 것이다. 피부과에 갔다. 의사는 자극으로 인한 증상이라고 진단했다. 처방받은 연고를 사용하니 곧 가라앉았다. 하지만 면도칼로 머리를 밀면 또 뾰루지가 생겼다. 아내가 두피에 너무 자극을 주지 말라며 전기 이발기를 선물했다. 머리를 미는 횟수를 줄이고 전기 이발기와 면도칼을 교대로 사용하다 보니 피부 트러블이 어느 정도 해결되었다. 변신에는 이런 작은 아픔도 따르는 법인가 보다.

세월을 이기는 장사가 없다. 어느새 귀밑에 서리가 내렸다. 환갑이 넘으면서 얼굴에 사마귀가 생기고 검버섯이 드러났다. 젊은 시절 여드름 때문에 고생하지 않은 깨끗한 피부였는데 나이를 먹고 늙어가니 얼굴도 지저분해진다. 머리 때문에 피부과에 갔다가 얼굴의 검버섯 문제를 상담했다. 의사는 레이저로 시술하면 없어진다며 권했다. 사마귀와 검버섯이 있는 부위에 마취 연고를 바르고 30분을 기다렸다가 시술했다. 마취 연고를 발랐지만, 레이저로 지지는 부위가 따끔거리고 아팠다. 피부가 타는 묘한 냄새도 났다. 시술할 때 레이저 불빛이 감은 눈가에 빨갛게 비쳤다. 시술은 금방 끝났다.

"연고를 처방해줄 테니 하루에 두어 번 바르세요. 세수는 문지르지 말고 물로 부드럽게 하시면 됩니다. 가능한 한 햇빛을 보지 마세요. 시술 부위는 일주일이면 딱지가 떨어집니다."

이렇게 얼굴의 첫 공사를 마쳤다. 일주일이 지나니 검은 딱지가 떨어지고 얼굴이 말끔해졌다. 아내가 말했다.

"얼굴이 깨끗해졌네!"

2020년 11월, 다시 얼굴 공사를 감행했다. 눈썹 문신을 한 것이다. 딸을 보고 결정했다. 전해에 아내가 딸의 눈썹 문신을 해주었다. 아들은 엄마를 닮아 짙은 눈썹을 가졌지만 딸은 나를 닮아 눈썹이 별로 없었다. 대학에 들어가서 화장을 하는데 그린 눈썹이 말썽이었다. 눈썹이 짝짝이 되거나 우는 상이 되었다. "왜 눈썹이 그러니?" 나와 아내가 얘기하면 딸은 상처를 받았다. 아내의 단골 미장원 원장이 서울 강남구 논현동에 있는 피부과를 소개했다. 자기도 눈썹 문신을 했는데 솜씨 좋은 곳이라고 했다. 그곳에서 시술을 받은 뒤 딸의 눈썹 모양이 자연스러워졌다. 딸을 보며 슬쩍 아내에게 말해보았다.

"나도 한번 해볼까?"

"당신도 해보세요. 인상이 달라질 거예요."

차일피일 미루다가 1년 만에 아내와 그곳에 갔다. 시술을 마치고 거울을 보니 이상했다. 눈썹에 숯검정을 칠해놓은 것 같았다. 하지만 시간이 지나면서 색깔이 옅어지고 자연스러워졌다. 눈썹을 한 지 한 달 만에 '리터치'하러 가서 얼굴의 검버섯 제거 시술을 받았다. 일주일이 지나니 딱지가 사라졌다. 다시 말끔한 얼굴이 거울에 나타났다.

'성형하는 이유가 바로 이런 것이구나.'

아름다운 용모는 부모 덕이다. 하지만 매력은 후천적으로 자신이 가꾸는 것이다. 나 역시 깔끔하고 멋지게 늙고 싶다. 얼마 전 한 선배를 만났는데 노인 냄새가 났다. 걱정이 돼 아내에게 물었다.

"혹시 내게서 노인 냄새가 납니까?"

"조심하세요. 나이를 먹으면 누구나 노인 냄새가 나요. 청결에 신경을 쓸 나이가 됐잖아요."

그러니까 난다는 거야, 안 난다는 거야? 인터넷에서 이런저런 정보를 찾아보았다. 남녀 가릴 것 없이 노인이 되면 누구에게나 찾아오는 현상이란다. 피할 수 없는 세월의 공격이다. 체내에 쌓인 노폐물과 피지 속 지방산이 산화하면서 나는 냄새다. 잘 씻는 것, 물을 많이 마시고 운동으로 땀을 배출하는 것이 노인 냄새를 극복하는 방법이다. 음, 청결과 운동이 답이군.

어느 날 강의하러 나가면서 딸에게 물었다.

"아빠 모습 어때?"

"댄디해. 아빠는 댄디한 멋쟁이야."

나는 노인이지만 냄새 나는 노인이고 싶지는 않고, 내 직업은 지식을 파는 강사이지만 수강자들 눈에 깔끔해 보이는 용모로 서고 싶다. 무엇보다 스스로 만족하는 겉모습을 유지하며 오랫동안 일하고 싶다.

30개 직업을 지나
'공부하는 노동자'로

나는 왜 책을 읽고, 글을 쓸까? 중년 이후 뒤늦게 글쓰기에 뜻을 두게 된 이유는 무엇일까? 영원함에 대한 근원적 욕망 때문이 아닐까. 비약이 심하다고 말할 수도 있다. 역사에 이름을 남긴 사람들은 인류의 발전에 지대한 공헌을 한 위인이거나 민족과 국가를 위해 자신을 희생한 열사나 의인 들이니 말이다.

하지만 평범한 사람도 그런 욕망을 품는다. 유전자 속에 새겨져 있는 개체 보존의 욕망도 그중 하나가 아닐까 싶다. 세상에 무엇인가를 남기고 가고 싶다는 그런 욕망이 출간이라는 하나의 꿈으로 나타났는지도 모른다. 그런 꿈을 꾸는 내가 한편으로 부끄럽고 쑥스럽다.

와시다 고야타의『중년에 쓰는 한 권의 책』(21세기북스, 2011)을 읽으면서 꿈이 더 커졌다. '글쓰기'로 중년 이후의 삶을 새롭게 출발할 수 있게 용기를 준 책이다. 책의 부제는 '살아온 삶에 깊이를 더하라'. 글쓰기가 삶에 깊이를 더하는 작업이란 뜻이다. 글쓰기로 살아온 인생을 정리하고 노년의 삶을 맞이하고 싶었다. 글쓰기 공부를 하면서 저자의 말에 더욱 고개를 끄덕이게 되었다.

글쓰기 공부를 시작하고 몇 년이 지났을 때 꿈이 현실로 나타났다. 벤 스틸러 감독의 영화 〈월터의 상상은 현실이 된다〉(2013)의 주인공 월터 미티가 된 기분이었다. 2014년에 첫 책,『이젠, 함께 읽기다』가 세상에 나왔을 때였다. 출간 소식을 듣고 마음이 설레어 며칠간 잠을 제대로 이룰 수가 없었다. 구름 위를 걷는 느낌이었다. 마치 첫사랑에 빠진 사춘기 소년 같았다.

'내 이름이 들어간 책이 출간되는구나!'

4인이 공저했지만 어렵고 힘들게 쓴 첫 책이었기에 감동은 컸다. 이후로 몇 권 더 출간했지만, 첫 감동보다는 덜 했다 감동에도 수확체감의 법칙이 작동하나 보다. 사랑도 첫사랑, 출간도 첫 책이 가장 감동적이다. 책을 출간한 후 여러 매체에서 인터뷰를 했다. 파란만장한 삶이 기삿거리가 되는 모양이었다. 30개 이상의 직업을 경험한 사람, 질곡과 실패가 많은 사람, 인생 후반에 새로운 길을 찾은 사람으로. 아내에게 첫 책을 내밀며 말했다.

"그동안 어려움이 닥칠 때마다 나를 믿어줘서 고마워요."

아내는 대견하다는 표정으로 책을 받았다.

'그래, 그동안 실패만 하던 네가 인생 후반에 결국 한 건 했구나!'

어떻게 나에게 이런 행운이 찾아왔을까? 운명을 좋은 방향으로 바꾸는 데 '좋은 사람을 만나는 것'과 '공부하는 것'이 방법이라고 한다. 독서 모임을 하고, 글쓰기 공부를 제의한 최 선배는 나의 귀인이다. 최 선배와 함께 분당 한겨레교육문화센터에서 6주 글쓰기 과정을 수료했다. 계속 공부할 수 있는 길을 강사에게 물었다. 서울역 남대문 앞에 있는 숭례문학당을 소개했다. 그곳으로 옮겨 글쓰기 공부를 이어갔다. 지금 그 이름을 사용하지 않지만 '책통자 과정'과 '글통자 과정'이었다. '책을 통한 자기계발 과정', '글을 통한 자기계발 과정'이다. 학당의

신 대표와 김 이사가 우리의 글 사부다. 이들을 통해 글쓰기의 기초와 독서 토론을 배웠다. 공부는 몇 년간 계속되었다. 당시 내 핸드폰 화면에 "나는 학생이다"라는 좌우명을 적어 넣었다. 중국 작가 왕명의 『나는 학생이다』(들녘, 2004)에서 빌려 왔다. 저자는 젊은 시절 중국 공산당의 관료주의적 타락과 부패를 문학으로 비판했다. 결국 우파로 몰려 1963년 신장 위구르 자치구에 유배되었다. 그곳에서 16년 동안 어려운 환경에 굴하지 않고 글을 쓰며 공부를 멈추지 않았다. 1979년 복권되이 정부의 문화부 장관에 올라 명예를 회복했고 노벨문학상 후보로 지명되는 중국 작가 중 한 사람이 되었다. 저자처럼 어려운 처지에 있어도 늘 공부하는 삶을 살겠다는 마음으로 책 제목을 좌우명으로 삼았다.

글쓰기를 하면서 곧 한계에 부딪혔다. 열심히 하는 것만으론 부족했다. 어휘력과 문장력이 부족하다 보니 글쓰기가 부담으로 다가오기 시작했다. 강사와 상담했다.

"글쓰기가 너무 힘들어요. 몇 줄, 한 단락 쓰기가 어려워요."

"지금까지 어떤 책을 주로 읽으셨나요? 한 달에 책은 몇 권 정도 읽으시나요?"

"역사, 철학, 인문서, 경제경영서와 자기계발서를 주로 읽었어요. 어릴 적부터 독서는 습관이었고, 한 달에 최소 네 권 정도 읽고 있어요."

"소설은 읽지 않나요?"

"네. 소설은 고등학교 졸업 후부터 지금까지 읽지 않았어요. 소설의 주인공이 실패자, 낙오자, 살인자, 자살자, 변태 성욕자 등 대개 문제적 인간이라 마음에 들지 않았거든요. 감정 이입해서 읽는 게 힘들었어요. 현실도 어려운데 소설 상황이 저를 더 힘들게 했거든요. 오히려 역사서에 등장하는 인물들이 더 좋았어요. 승리자든 패배자든 그들은 영웅이잖아요."

"어휘력과 문장력을 키우려면 소설을 읽는 게 좋아요. 소설을 읽어보세요."

상담을 통해 진단과 처방이 내려졌다. 지식 소매상 유시민도 어휘력을 늘리려면 박경리의 장편소설 『토지』를 몇 번 읽어보라고 추천하지 않았던가.

30년 넘게 읽지 않던 소설을 다시 읽기 시작했다. 소설과 친해지기 위해 '서양고전문학 과정'에 등록했다. 한 달에 두 번, 6개월 동안 열두 권의 소설을 읽고 글을 쓰는 과정이었다. 만만치 않았다. 러시아 작가 도스토옙스키의 『죄와 벌』, 『카라마조

프 가의 형제들』, 보리스 파스테르나크의『닥터 지바고』, 독일 작가 괴테의『파우스트』와 토마스 만의『마의 산』, 헤르만 헤세의『황야의 이리』, 니체의『차라투스트라는 이렇게 말했다』, 체코 작가 카프카의『소송』, 밀란 쿤데라의『농담』, 영국 작가 서머싯 몸의『인간의 굴레에서』, 조지 오웰의『1984』, 콜롬비아 작가 마르케스의『백 년의 고독』등이다. 이들 소설은 분량이 300~400쪽은 기본이고 어떤 것은 두세 권이라 1,000쪽을 넘었다. 읽는 것 자체가 도전이자 장벽이었다. 게다가 서양 소설은 배경 지식을 이해하지 않고서는 쉽게 다가오지 않는 다른 나라, 다른 시대와 문화 속에 사는 사람들의 이야기였다. 강좌를 마치고 개근상과 우수상을 받았다. 실제로 상을 받은 것이 아니고 내가 최선을 다한 자신에게 준 상이다. 이 기준에 든 수강자는 10여 명 중에서 나와 최 선배 두 사람이었다.

글쓰기 공부를 하러 갔다가 이렇게 소설과의 재회가 이루어졌다. 지금은 읽는 책의 50퍼센트 이상이 소설이다. 소설의 재미는 독서 토론에서 배가되었다. 소설에는 인생 이야기가 담겨 있다. 독자는 자기가 경험하지 못한 인생을 소설 주인공을 통해 대리 체험한다. 더욱이『페터 비에리의 교양 수업』(은행나무, 2018)에서 비에리는 소설을 작가의 "정확한 서술을 향한 열정"이라고 정의하고, 소설의 문장에는 "아름다움과 언어의 고상함, 특이하고 진귀하며 정선된 표현, 깊고 무거운 은유"가 있다고 말한다. 그래서 독자는 문학을 읽으면 자연스럽게 어휘력과 문장력이 길러지나 보다.

표현력과 문장력을 키우기 위해 글쓰기와 필사를 병행했다. 특히 글쓰기는 100일간 매일 하기로 했다. 잘 쓰느냐 못 쓰느냐의 문제가 아니었다. 오히려 글쓰기 습관을 만드는 게 중요했다. 호르헤 보르헤스는 이렇게 말했다. "글쓰기에 마법 같은 비결이란 없다. 다만 계속 쓸 뿐이다. 거기서 마법이 나올 때까지 계속해서 쓰는 게 유일한 비결이다." 이것이 나의 글쓰기 교훈이다. 글쓰기를 시작할 때 먼저 이 문장을 소리 내어 읽으며 필사했다. 마치 교훈을 낭독하는 학생처럼. 이것을 하나의 의식으로 수년간 계속했다. 다른 강사들과 함께 100일 서평 필사도 시도했다. 이것을 몇 번 반복하기도 했다. 시를 이해하고 싶어 시 강좌를 듣고 동료들과 시 필사도 시작했다. 시인이 되고 싶은 마음은 없었지만 시를 이해하고 사랑하는 사람은 되고 싶었다. 벌써 4년이 지났지만 매일 아침 여전히 하고 있는 공부다.

좋아하는 저술가 중에 유시민이 있다. 유시민의 책들을 2년 넘게 필사를 했다. 그에게 문장력을 배우는 것도 좋았지만 그의 해박한 지식과 신념과 철학을 이해한 것도 추가적인 소득이 있다. 글쓰기 공부를 시작한 이래로 서평 공부는 지금까지 지속하고 있다. 내가 궁극적으로 출간하고 싶은 책이 서평집이기 때문이다. 작가나 전문가 들의 서평을 필사한 지도 벌써 5년이 넘었다. 문학평론가 신형철, 소설가 장정일, 소설가이자 문학평론가 김탁환, 시인이자 문학평론가 장석주, 출판평론가 이권우, 이외의 여러 작가나 전문가가 나만의 특별한 글 사부들이다. 배우는 게 즐거워서 꾸준히 계속했다. 나는 꾸준함이 재능을 넘어선다고 믿는다.

이런 꾸준함 덕분인지 그동안 몇 번 책을 출간할 기회가 있었다. 출판사 편집자가 찾아와 책을 출간하자고 제안을 해오기도 했다. 하지만 때가 아니었던 모양으로 성사되지 못했다. 준비가 부족했다고 말하는 편이 더 정확한 표현일 것이다. 마침내 강호에 출사할 기회가 찾아왔다. 글쓰기 공부를 시작한 지 3년째, 2014년 3월에 출판전문지 〈기획회의〉에 '책이 바꾼 삶, 숭례문학당 이야기'라는 코너가 연재되기 시작했다. 매달 두 명씩 글을 올렸다. 나에게도 원고 의뢰가 들어왔다. 처음으로 원고료를 받고 쓰는 글이었다. 원고를 쓰면 글 사부가 피드백해주고 다시 수정하기를 여러 번. 퇴짜가 계속될수록 자신감이 떨어지고 답답하고 참담한 심정이 되었다. 포기하고 싶은 생각도 들었지만 그럴 수 없었다. 7전 8기. 파주출판도시로 글쓰기 여행을 갔을 때 한 카페에서 여덟 번째 수정본이 완성됐다. "좋아요. 이렇게 쓰시면 되겠네요"라는 말을 듣는 순간 답답하게 막혔던 가슴이 뺑 하고 시원하게 뚫렸다.

어느 날, 글 사부로부터 독서 토론 책을 저술하는데 공동 필진에 참여하지 않겠느냐는 제의를 받았다. 실력은 부족했지만 감사한 마음으로 참여하겠다고 답했다. 진짜 글쓰기는 그때부터 시작되었다. 강좌에서 과제로 내는 글과 원고료를 받고 쓰는 글은 정말 달랐다. 과정부터 차이가 났다. 저자들이 매주 한 꼭지의 원고를 가지고 와서 합평하고 지적받으면 수정하기를 반복했다. 이런 과정을 통해서 글쓰기에 대한 두려움도 조금씩 극복되고 실력도 점점 향상되었다. 몇 개월 동안 치열하게 쓰고 고치고 다시 고치는 작업이 이어졌다. 그렇게 해서 2014년 9월에 탄생한 책이 『이젠, 함께 읽기다』이다. 이어서 2015년에 잡지에 연재되었던 글을 묶어서 『책으로 다시 살다』, 세월호 1주기에 죽음을 소재로 쓴 『당신은 가고 나는 여기』, 공부하는 은퇴자 세 사람의『은퇴자의 공부법』, 은퇴자들의 신년 여행에서 기획된『아빠, 행복해?』등이 계속해서 출간되었다.『이젠, 함께 읽기다』속편으로 2020년 초여름에『질문하는 독서의 힘』이 출간되었다. 마치 계획이라도 되었던 듯이 연이어 책을 출간했다. 어떤 일이든 시작할 때가 어렵지 일단 출발하면 가속도가 붙는 것 같다. 처음 출발선에서는 부족했지만 점차 성장하고 있는 나를 발견하게 되었다.

 공부나 글쓰기에서 '함께하기'의 힘은 크다. 독서 토론은 참여자들이 함께하는 책 읽기다. 글쓰기 공부를 하는 데도 함께하면 힘이 된다. 오래전 마라톤을 한 적이 있는데 풀코스를 뛰면서 이렇게 생각했다. '마라톤은 혼자 뛰는 운동이지만 함께하는 운동이구나.' 출발지에서 결승점까지 오롯이 혼자서 뛰는 자신만의 운동이다. 누구도 나를 도와주지 못한다. 그래도 누군가 내 곁에서 함께 뛰고 있다는 게 위안이 되고 힘이 되었다. 다른 마라토너의 숨소리가 어려운 길을 함께하고 있다는 격려 소리로 들렸다. '힘드시죠. 저도 힘들어요. 힘내세요. 저도 있잖아요.' 말은 없지만 동료애가 느껴지고 침묵의 격려가 힘으로 전달되어 온다. 중년 이후 공부를 하면서도 그런 생각이 들었다. 글쓰기를 함께하는 최 선배는 결국 두 권의 책을 공저했고, 다른 강사들도 마찬가지였다. 같은 목표를 향해 나아가면서 서로 의지하고 위로하며 결과물을 만들어냈다.

책을 출간하면서 출판사 편집자에 대한 생각도 바뀌었다. 처음에는 단순히 글을 교정하는 전문가라고 생각했다. 그들은 글만 만지는 사람이 아니라 저자와 작가를 발굴하여 기르고 출판 시장을 개척하고 새로운 문화를 창조하는 전문가였다. 철학자 강신주가 자신의 책에 저자와 함께 편집자의 이름을 넣었다는 이야기는 출판계의 전설이 되었다. 이것보다 더 멋진 편집자를 향한 존경심이 어디 있을까. 가수의 노래는 프로듀서가 만들고, TV 드라마는 방송국 PD가 만든다. 연극은 연출가가 만들고 영화는 감독이 만든다. 마찬가지로 책은 편집자가 만든다. 편집자는 음악계의 프로듀서, 드라마나 영화 등의 연출가와 같이 작품을 새롭게 만들어 세상에 출현시킨다. 책을 몇 권 출간하면서 이들의 노고가 어느 정도인지 알게 되었다. 편집자 중에는 소설가나 시인도 있었다. 이들은 글의 전문가이자 출판 시장의 상황을 꿰뚫는 마케터다. 저자는 이들을 존중하고 신뢰해야 한다고 생각한다.

출판평론가 한기호는 『우리는 모두 저자가 되어야 한다』(북바이북, 2017)에서 독자에게 '책을 쓰라'고 강조한다. 새로운 직업을 찾고자 한다면, 브랜드 가치를 키우려면, 살아남고 이겨내고 일어서려면 책을 쓰라고 조언한다. 글쓰기를 시작하는 사람에게 용기를 북돋아준다. 독자는 이 책을 읽으면서 '어떻게 내가?' 하는 마음에서 '어쩌면 나도!' 할 수 있지 않을까, 라고 생각이 바뀔 수 있다. 출판평론가의 조언이니 더욱 그렇다. 이 책을 읽으면서 내 책이 출간될 수 있었던 이유를 이해하게 되었다. 나 역시 그런 사람 중 하나였으니까. 결국 글쓰기의 완성은 출판에 있다.

이제 글쓰기는 나에게 자신을 찾아 떠나는 여행이 되었다. '나는 누구인가'를 생각하며 내면의 목소리를 들으려 노력한다. 내 글이 곧 나 자신이다. 중년 이후에는 '좋아하는 일만 하고 하기 싫은 일은 안 한다' 주의와 '노는 것이 곧 일하는 것이다'라는 신념으로 살아간다. 영어 play와 producer의 합성어인 '플래듀서pladucer'의 삶을 지향한다. 학인이자 강사인 내 삶이 바로 그런 삶이다.

내 인생의
키맨들

내비게이션이 길을 찾아가는 데 편리한 도구인 것처럼 멘토는 인생길을 살아가는 데 도움을 주는 사람이다. 멘토의 사전적 의미는 "현명하고 신뢰할 수 있는 상담 상대, 지도자, 스승, 선생"이다. 이 단어는 그리스 고대 서사시 〈오디세이〉에서 유래했다. 오디세우스가 트로이 전쟁에 출정하면서 집안일과 아들 텔레마코스의 교육을 친구인 멘토에게 맡긴다. 오디세우스가 전쟁에서 돌아오기까지 무려 10여 년 동안 멘토르는 왕자의 친구, 선생, 상담자, 때로는 아버지가 되어 돌보아준다. 이후로 멘토르에서 유래된 멘토라는 단어는 지혜와 신뢰로 한 사람의 인생을 이끌어주는 지도자라는 말과 동의어로 사용되고 있다. 나에게도 지금까지 살아오면서 멘토처럼 삶의 내비게이션이 된 사람이 여럿있다. 삶의 지표가 되는 훌륭한 인물들은 대부분 책에서 만났다. 그들은 어두운 밤길을 안내하는 별빛처럼 인생의 이정표가 되기도 했다. 하지만 삶의 문제로 고뇌하고 갈등할 때 곁에서 들어주고 안내해주는 현실적 멘토도 필요하다. 내게는 최 사장, 최 선배, 유 선배, 문 선배가 그런 사람이었다.

최 사장은 직업에 임하는 자세와 엔지니어로서의 기술, 삶에서 인간관계 능력을 가르쳐준 분이다. 수산계 대학을 졸업하고 기관사로서 참치 어선에 승선했을 때 만난 직속 상사인 기관장이었다. 그는 전문 학교가 아닌 현장 출신의 엔지니어였다. 집안 형편이 어려워 중학교를 졸업하고 일찍 선원이 되었다. 배에서 기술을 익혀 기관사 자격증을 취득했고, 경력을 쌓은 뒤 어엿한 기관장이 되었다. 그는 학교가 아닌 배에서 익혔지만 선박 엔지니어로서 최고 실력과 기술을 갖춘 사람이 되었고, 그에 걸맞은 자부심도 있었다. 그에게 배운 가르침은 "일을 할 때는 제대로 하라"는 것과 "사람이 거짓말을 하지 기계는 거짓말을 하지 않는다"이다. 성실과 정직을 강조한 것이다. 나는 배를 수리할 때 함께한 것이 아니라 출항 시 기관사로 승선했기에 기관실 기계를 잘 알지 못했다. 우리가 탄 배는 일본에서 수명을 다한 어선을 도입한 것이라 늘 점검하며 수시로 살펴야 했고, 자연히 기관장의 역할이 중요했다. 기관장은 기계를 닦고 조이고 기름칠을 하며 철저하게 관리했다. 매뉴얼을 만들어 매일, 매주, 매달 점검하고 보수, 유지했다. 그와 함께한 3년간 한 번도 기관 고장으로 어로 작업에 지장을 받은 적이 없다. 기계 관리 방식을 그에게 배운 셈이다.

그의 실력은 겸손에서 나왔다. 스스로 자신은 가방끈이 짧아서 모르는 게 많다고 말했다. 대학에서 배운 네가 있으니 좋다고 오히려 나를 추켜세웠다. 본사에서 사모아로 수산부 담당자가 출장 오면 반드시 나를 불러 소개했다. 망망대해에서 같은 참치배를 만나는 경우도 종종 있었다. 다른 배의 선장과 기관장이 우리 배에 놀러 올 때도 그들에게 인사시켰다. 나중에 어떤 곳에서 그들을 만나 함께 일할지 모른다며 그들과 인연을 맺도록 배려한 것이다. 이렇게 겸손함은 대인관계 능력에서도 빛을 발했다.

태평양 바다에서 일한 3년 동안 힘들고 고단했지만 그와 함께한 기간은 보람차고 즐거웠다. 첫 직장에서 그를 만난 것은 행운이었다. 그를 통해 학교에서 많이 배웠다고 반드시 능력이 뛰어나거나 좋은 사람은 아니라는 것을 깨달았다. 실력에 더해 품성을 갖춘 사람이 진정한 실력자이고, 이런 사람 곁에서 일한 덕분에 나는 직장인으로서의 대인 관계 기술과 자세를 배울 수 있었다. 우리는 참 마음이 잘 맞았고 신뢰했으며 서로 좋아했다. 사람은 누구를 만나느냐에 따라 인생길이 달라진다. 그는 미국령 사모아에서 사업가로 자리를 잡았다. 몇 년이 흐른 후 사모아에서 다시 사장과 직원으로, 부신에 수산 회사를 차렸을 때는 사장과 전무로 함께했다. 나는 그를 내가 만난 사업가 중 최고라고 생각한다.

유 선배와의 인연은 50년 전으로 거슬러 올라간다. 고등학교 때 만난 인연이 지금까지 이어지고 있다. 그는 내가 아는 최고의 '키맨' 중 한 사람이다. 키맨이란 "사람과 사람을 연결하는 능력을 갖춘 사람"을 일컫는다. 조직으로 생각해보면 최고의 참모형 인물이다. 위아래의 원활한 소통, 전후좌우의 조화로운 공감을 만들어내는 사람이다. 그는 한번 인연을 맺으면 그 관계를 끝까지 유지하며 소중하게 다룬다. 성격이 섬세해 만나는 사람을 편하게 만드는 능력이 있다. 사람을 어딘가에 소개할 때 그이에 대한 칭찬을 아끼지 않는다. 나를 소개할 때도 마찬가지였다. 언젠가 그에게 왜 그렇게 칭찬을 쏟아내느냐고 물은 적이 있다.

"나는 다른 사람의 부족한 점을 말하고 싶지 않네. 그 사람의 장점과 특별히 뛰어난 점에 집중하지. 이 세상에 단점이 없는 사람이 있나?"

이런 가치관을 지닌 사람이므로 남의 부탁을 거절하는 법이 거의 없었다. 상대가 원하는 것이 무엇인지 생각하며 배려하는 타입이었다. 나도 유 선배의 그러한 가치관 덕을 많이 보았다. 1991년, 미국에서 대학원 공부를 하다가 휴학했다. 그때 유 선배에게 아르바이트 자리를 부탁했다. 곧 일자리를 주선해주었다. 건축 현장에서의 막일이었다. 어떤 일이든 좋았다. 학비도 벌고 일본에 대해 공부도 할 수 있으니 좋았다. 8개월 동안 유 선배를 자주 만났다. 도쿄에서 일하던 그는 그 지역의 명소를 안내해주었고, 8월 오봉(한국의 추석과 같은 명절) 연휴에는 함께 교토와 오사카를 여행하기도 했다. 우리는 일본에서 사는 어려움, 일본이란 거울로 바라본 한국 등 다양한 주제로 많은 대화를 나눴다. 인연은 계속 이어져 유 선배가 한국에 오면 나를 불렀고, 나는 기꺼이 달려가 함께 여행을 했다. 사람들의 밝은 면에 초점을 맞추고 인연을 꾸준히 이어가는 그에게서 나는 인간관계의 본질적인 자세와 방법을 배우게 되었다.

그렇게 반갑기만 한 그가 어느 날 함께 산행을 하던 중 뜻밖의 소식을 전했다.

"나는 3개월 앞만 생각하며 살아가네. 더 멀리 보는 걸 포기했어. 아니 더 멀리 생각할 수가 없게 되었다."

간경화로 건강에 문제가 생겨 금주를 하기로 했다는 것. 얼굴색이 거뭇해진 그를 보는 내 마음은 복잡해졌다. 그때 처음으로 아내가 암 수술을 했다는 사실도 전했는데, 그런 형편과 심정을 헤아리지 못한 미안함이 가슴에 차올랐다. 친구 중에 삶과 죽음이라는 주제를 그만큼 깊이 생각해본 사람은 없을 것이다. 다행히 현재 그는 건강을 거의 회복했다. 산을 열심히 다니며 몸과 마음을 관리했다고 한다.

'현재'라는 의미의 영단어는 'present'다. 이는 '선물'이라는 의미로도 사용된다. 그러하면 선물로 받은 현재에 충실하며 즐기는 삶이 최선의 인생일 것이다. 그를 통해 삶과 죽음을 대하는 마음가짐도 배우게 되었다.

최 선배는 유 선배의 소개로 만났다. 배를 떠나서 다시 공부를 시작했던 때다. 첫인상부터 포근하고 편안했다. 최 선배는 주변 사람들이 어려울 때 도움을 주었고, 다른 사람이 고민이 있을 때 해결할 수 있도록 조언하는 상담가다. 나 역시 그의 도움을 받으면서 가까워졌다. IMF 사태 이후 부산 생활을 정리하고 서울로 올라왔을 때다. 내 사정 이야기를 듣고 시계 회사에 소개해주었다. 그 회사에서 1년, 이후에 교육 회사로, 나중에는 마케팅 회사까지 내가 일할 수 있도록 다리를 놓아주었다. 나중에 강사 생활을 시작할 때도 도움을 주었다. 이렇게 맺어진 최 선배와 인연도 벌써 40년이 돼간다.

강사로 새 출발을 할 때엔 특별히 많은 도움을 주었다. 강의안을 어떻게 구성하고, 내용에는 무엇이 들어가면 좋은지, 청중과 어떻게 소통하고 공감해야 하는지. 자기 강의를 청강할 수 있게 해주고 교육 담당자를 소개해주었다. 나중에는 그곳에 나를 강사로 연결해주었다. 그렇게 해서 기업체 직원 교육에도 기회를 얻었고, 운전자 교육에도 참여할 수 있었다. 대중 강의의 기회가 강사로서 큰 경험이 되었다. 운전자 보수교육은 한 시간 정도의 특강이었다. 수강자는 운전기사들로 보통 200~300명, 많을 때는 500여 명까지 되었다. 이들은 대부분 중년 남성들로 만만치 않은 수강자였다. 자신이 원해서 교육을 받으러 온 게 아니라 규정상 참석해야 해서 온 사람들이었다. 이런 강의에서는 강사가 청중을 휘어잡지 못하면 분위기가 엉망이 된다. 강의가 흥미롭지 않으면 옆 사람과 잡담을 나누기도 한다. 일부 얄궂은 청강자는 "적당히 하고 그만 끝냅시다"라고 외쳐 분위기를 망치기도 한다. 최 선배의 주선으로 몇 년간 이런 대중 교육을 할 수 있었다. 이런 경험을 통해 강사로서 자신감이 커졌다.

최 선배는 1급 강사다. PPT도 사용하지 않고 자연스럽게 칠판 강의를 한다. 강의 내용을 충분히 소화하고 청중과 소통한다. 최 선배는 청중을 5분마다 웃음이 터지게 했다. 그의 유머는 대화식 언어 유희였다. 자신은 웃지도 않으면서 청중을 즐겁게 했다. 적절한 시점에 한 번씩 던지는 유머는 청중을 강의에 집중할 수 있게 하는 촉매제였다. 최 선배는 청중을 그렇게 들었다 놨다 할 수 있는 강사였다. 이에 비해 PPT에 많이 의존하게 되면 강의의 질이 떨어진다. 청중을 향해야 할 강사의 눈이 자꾸 PPT로 향하고, 청중도 강사보다는 화려한 PPT에 집중한다. 여기에 동영상 자료까지 사용하면 강연의 주인공은 강사가 아니라 동영상이 된다. 세계적인 강사 브라이언 트레이시는 PPT가 아니라 강사가 강의의 주인공이어야 한다고 강조한다. PPT

는 단지 보조 도구에 지나지 않는다는 것이다. 1급 강사는 PPT
를 사용할 때도 적절하게 청중의 이해를 돕는 정도로만 사용한
다. 한동안 최 선배의 교육장마다 따라다녔다. 그의 강의를 청
강하면서 메모하고 녹음했다. 녹음을 풀어 정리하면서 강의를
분석하고 연구하고 공부했다. 강의의 서두는 어떻게 시작하는
지, 주제가 바뀔 때는 어떻게 전환하는지, 마무리는 어떻게 정
리하는지, 유머 사용은 어떻게 하는지를 면밀하게 살펴보았다.
최 선배는 그때에도 지금도 강사로서 나의 역할 모델이다.

문 선배는 1990년 9월 미국 유학 시절 뉴욕에서 만났다. 그
역시 나처럼 직장을 다니다가 30대 중반에 공부하러 온 것이
다. 비슷한 연배, 직장 생활 경험, 영어 압박감 등이 우리의 공통
점이었다. 스트레스를 풀기 위해 축구를 하거나 볼링을 치거나
영화를 보러 가곤 했다. 그는 타고난 리더였다. 그의 주위에는
언제나 사람들이 많이 모였다. 한국 유학생들, 일본이나 유럽
친구들과도 함께했다.
우리는 2년 동안 동고동락했다. 음식 스트레스를 풀기 위해
가끔 근처의 중국 식당에 가서 마파두부 요리로 미국 음식에
지친 위장을 달래곤 했다. 또 한국 식품점에서 김치와 고추장

을 사 오는 날은 비빔밥 파티를 했다. 밥과 김치, 고추장, 참기름이 전부였지만 꿀맛이었다. 김치찌개도 일품이었다. 그는 대학과 직장에서 등산대장을 하면서 요리를 즐겼고 솜씨가 좋았다. 2년간 유학 생활에서 기억에 남은 것은 공부보다 그와 함께한 시간이었다. 공부를 하러 간 것이 아니라 한 사람을 만나러 간 유학이 되었다.

1992년 가을, 나는 부산에 주저앉았다. 공부할 수 있도록 도와준 척 사장의 부탁을 거절할 수 없었다. 문 선배는 학교를 졸업하고 뉴욕에서 미디어 사업을 시작했다. 그것이 나중에 한국의 대한교과서와 협력 사업으로 발전하게 되었다. 내가 부산 생활을 정리하고 서울로 올라왔을 때 문 선배가 도와주었다. 서울에 설립한 회사에서 내가 무역 일을 계속할 수 있도록 배려해주었다. 만일 IMF 사태만 아니었다면 대한교과서와 추진하던 사업도 잘되었을 것이다. 하지만 새로운 상황이 그에게 좌절을 안겨주었다. 그는 현재 미국 영주권을 포기하고 한국에서의 사업에 몰두하고 있다. 아직 큰 성과를 내진 못했지만 그의 리더십이 있으니 반드시 성공하리라 믿는다.

그의 주위에는 여전히 많은 사람이 따른다. 그를 보면 리더형 인간은 타고난다는 생각이 든다. 사상체질론에 의하면 그런 사람 중엔 '태양인'이 많다. 그는 태양인이다. 수양산 그늘이 강동 80리를 간다는 말처럼 그의 리더십은 크다. 잘난 사람이나 못난 사람이나 누구든 편하게 대한다. 편안함은 그의 포용력에서 나온다. 진정한 리더십이란 무엇인지 그를 통해 또 이렇게 배운다.

'6단계 법칙'이라는 게 있다. 인간관계에서 여섯 단계를 거치면 미국 대통령도 만날 수 있다는 이론이다. 내가 만난 이들의 공통된 특징은 인간관계 능력이 뛰어난 키맨이라는 점이다. 이들 덕분에 인생에서 여러 차례 관계의 문을 열 수 있었다. 이들이 나의 멘토가 된 건 당연한 수순이었다. 최 사장은 직업적 자세와 기술을 가르쳐준 멘토, 유 선배는 위로와 배려의 멘토, 최 선배는 앞길을 열어준 멘토, 문 선배는 리더의 덕목과 포용력을 알려준 멘토다. 공부가 사람을 바꾸어주듯 좋은 사람은 인생길에 변화를 준다. 사람들이 흔히 말하는 귀인이란 바로 이런 멘토를 일컫는 것 아닐까. 이들이 있어 힘든 세상을 살아가는 게 외롭거나 힘들지 않았다.

가장 콤플렉스가 있는
프리랜서의 가정생활

　현재 나의 직업은 프리랜서 강사이자 유사 전업주부다. 아내는 정년을 몇 년 앞둔 직장인이다. 나도 한때는 정규직이었고 중소기업 임원이었지만, 지금은 비정규직이며 일용직이다. 지식과 정보, 교육과 프로그램을 전달하고 진행하는 노동자다. 도서관과 학교, 교육청과 기업에서 불러주면 눈썹 휘날리게 달려가는 C급 강사다. 시대가 변하다 보니 정규직에서 비정규직으로, 비정규직에서 정규직으로 하는 일도 시류에 따라 변한다. 세상에 변하지 않는 것이 무엇이던가. 정규직일 때는 직업적 안정성이 좋았지만, 프리랜서인 지금은 시간과 공간에 구속

반지 않고 비교적 자유롭다는 것이 좋다. 그러다 보니 정규직으로 일하는 아내보다 내가 처리하게 되는 집안일이 훨씬 많아졌다. 아내가 공식적으로 집안일을 함께해달라고 한 적은 없지만, 자연스럽게 그렇게 되었다.

내가 가정에서 하는 일은 주부의 일 그 자체다. 밥하기, 빨래하기, 청소하기, 재활용품 버리기, 음식물 쓰레기와 일반 쓰레기 버리기 그리고 화분에 물 주기 등이다. 이런 일을 하는 데 아들과 딸도 어린 시절부터 동참시켰다. 청소할 때 함께해야 하고, 쓰레기봉투와 음식물 쓰레기 버리는 일도 아들딸의 몫이었다. 한번은 딸이 인상을 쓰면서 투정을 했다.

"학교에 가면서 음식물 쓰레기를 버리는 아이는 아마 나밖에 없을 거야."

그때 아이를 앉히고 확실하게 교육했다.

"그럼 이런 일이 아빠, 엄마만 해야 하는 일이니? 가족 일원인 너희도 함께 나눠서 해야 하는 일 아니니? 부모가 너희를 키우고 교육시키는 것은 당연한 일이지만 이런 가사일은 너희도 해야 하는 것이야. 어려운 일도 아니고."

그때부터 아이들은 더 이상 군말을 하지 않게 되었다. 나 역시 마찬가지다. 가사에 남자와 여자의 일이 어디 구별되어 있는가. 하지만 아직 거부하는 한 가지 일이 있다. 음식은 만들지 않는다. 아내가 "반찬도 해줘"라고 부탁하거나, "온종일 직장에서 일하고 와서 또 반찬을 만들어야 하는 이 불평등한 세상"을 외쳐도 모른 척한다. 아내에게 "당신이 은퇴하는 날부터 할게"라며 거부했다. 일단 음식 만들기를 시작하면 계속해야 한다. 중도에서 멈출 수가 없다. 그러면 진짜 전업주부로 바뀌게 된다. 이것이 나의 마지막 자존심이다.

물론 예외도 있다. 아내가 여행을 갔을 때다. 그럴 때는 내가 나와 딸의 먹을거리를 책임져야 했다. 하루나 이틀이면 아내가 해놓은 것으로 대충 때울 수 있지만, 일주일이 넘을 때는 불가능했다. 결국 된장찌개와 김치찌개 레시피를 배워서 만들었다. 두 가지로는 부족해 미역국이나 카레를 추가했다. 그것은 슈퍼마켓에서 레토르트 식품으로 대체했다. 딸을 먹이기 위해서는 어쩔 수 없었다. 여행 중 아내에게 다른 찌개의 레시피를 물어본 적이 있다. 아내의 답은 간단했다.

"유튜브 보세요. 거기에 좋은 레시피가 많이 나와 있어요."

요즘은 맛방, 먹방 시대라 TV를 켜면 이런저런 채널에서 음식을 만드는 프로그램이 많이 나온다. 유튜브에도 요리법을 알려주는 영상이 많다. 음식만이 아니라 가정에서 해야 하는 소소한 수리나 청소, 세척 같은 내용도 거의 다 있다. 요즘은 요리를 취미로 둔 남성들도 많다. 그들을 가리켜 '요섹남'이라 부르며 좋아들 한다. 요리하는 섹시한 남자라는 뜻이다. 나도 학생 시절 몇 년 동안 자취를 한 적이 있다. 음식을 하려고 마음을 먹으면 못 할 것도 없다. 하지만 나는 아직 그럴 정도는 아니다. 음식을 만드는 시간보다 책을 읽고 글 쓰는 것을 더 선호한다. 취향의 문제가 아닌가.

반半전업주부를 하다 보니 자연스럽게 주식과 생필품 준비는 내가 한다. 성격상 예비용이 항상 준비되어 있어야 안심이 된다. 아마도 배에서 엔지니어 일을 할 때 사고에 대비해서 예비 부품을 준비하던 습관이 몸에 밴 모양이다. 생필품 외에 라면과 국수류, 컵라면 등은 아내가 퇴근하면서 사 온다. 아내도 역시 나처럼 반전업주부인 셈이니, 이렇게 반반이 모여 가정생활이 그럭저럭 유지되는 것 아닐까 생각하곤 한다.

기술 발전으로 우리 주부 생활이 편해졌다. 가전제품이 좋아지니 과거보다 주부들의 노동 강도가 줄어들었다. 아이들이 초등학교 고학년이 되면서 밥하기, 빨래하기, 청소하기를 교육했다. 당연한 생활 교육이었다. 우리의 어린 시절처럼 불 때서 밥하는 것이 아니고, 손으로 옷을 빠는 게 아니다. 청소도 빗자루질과 걸레질을 하는 게 아니다. 밥은 전기 압력 밥솥이, 빨래는 세탁기가, 청소는 진공청소기와 스팀 물걸레 청소기가 한다. 매뉴얼만 배우면 아빠와 엄마가 없어도 스스로 할 수 있다. 반찬 만들기야 어렵지만 밥하기는 쉽다. 그래서 우리 집 아이들은 "밥이 없어요"라는 말을 하지 않는다. 오히려 밥이 없으면 밥을 해놓으라고 부탁하기도 한다. 전기 압력 밥솥 덕분에 까칠한 현미밥도 부드러운 흰쌀밥처럼 먹을 수 있다. 이러니 기술 발전이 고마울 수밖에 없다. 이 어찌 편리한 세상이 아니란 말인가.

나는 엔지니어 출신이라 집안의 소소한 문제를 잘 해결한다. 전기적 문제나 물건 수리, 교체할 때 배운 것을 잘 써먹는다. 형광등을 LED 등으로 교체할 때, 싱크대 수전이나 욕실 샤워기를 새것으로 바꿀 때, 베란다 청소와 화분 물 주기에 사용하기 위해 주둥이가 하나인 수도꼭지를 두 개짜리로 바꿀 때도 내가 다 한다. 수리 업체를 부를 필요가 없다. 이런 것을 수리할 수 있는 공구를 모두 가지고 있다. 책상과 책꽂이처럼 DIY 제품을 조립할 때도 이런 공구가 요긴하게 쓰인다. 아내는 '기계치'라서 전구 하나 바꾸지 못하고, 못 하나도 제대로 박지 못한다. 그러다 보니 고칠 데가 생기면 내가 스스로 알아서 해결한다. 그럴 때 아내에게 칭찬을 받는다.

"남편이 기술자 출신이라 역시 좋구먼!"

아이들 교육도 내가 담당했다. 아내가 부탁했는지 내가 자청했는지 기억나지 않지만, 자연스럽게 내 몫이 되었다. 아이들이 유치원을 다닐 때부터 고등학교 졸업할 때까지 내가 학원과 학교를 찾아갔다. 아들의 경우, 다른 애들에게 맞고 다니면 안 되니 자신을 지킬 정도는 되어야 한다고 생각해서 태권도장을 보냈다. 초등학교 시절 3단을 땄다. 성인이 되어 육군 장교가 되었을 때 태권도 단증을 활용했다. 또 음악을 좋아하고 이해하는 멋진 남성이 되었으면 하는 바람으로 피아노 학원을 보냈다. 아들은 초등학교 5학년 때까지 피아노를 쳤다. 체르니 단계에 들어가니 아이가 거부했다. 힘들고 재미없어서 더 이상하기 싫다고 했다. 학원장을 만나서 피아노를 전공할 것도 아니니 체르니는 가르치지 말고 클래식 소품이나 가요 정도 칠수 있게 해달라고 부탁했다. 아들은 그때 배운 피아노 실력으로 가요와 클래식 소품을 치면서 엄마를 기쁘게 한다. 매년 학부모 총회에 참석하고 담임교사를 만났다. 학부모 총회에 가면 아버지는 거의 없었다. 반에서 담임과 만날 때도 대부분 아버지는 나 하나였다.

"프리랜서가 시간이 많아 제가 나왔어요."

핑계 아닌 핑계처럼 말하곤 했다. 담임교사에게 딸과 아들을 '칭찬과 격려'로 지도해달라고 부탁했다. 아들을 전문계 고등학교에 보내면서부터 학교 운영위원회의 학부모 운영위원이 되었다 아들과 딸이 모두 고등학교를 졸업할 때까지 10년 동안 운영위원을 했다. 내 아이들과 늘 함께한다는 생각이 동기 부여가 되었다.

우리 가정에는 서열이 있다. 우리 부부의 서열은 수입액으로 결정되는데 아내가 나보다 순서가 앞선다. 과거에는 내가 앞선 적도 있지만, 비정규직이 되면서 한 번도 역전되지 않았다. 그때 고착된 서열은 지금까지 변함없고 아마도 죽을 때까지 변하지 않을 것이다. 아내는 가끔 당당하게 이런 말도 한다.

"나, 연탄녀예요."

연탄 가게 아줌마라는 뜻이 아니다. '연금 타는 여자'라는 말이다. 역사를 뜻하는 영단어 '히스토리'는 남성들이 경제력으로 지배해온 역사라서 그렇게 부른다는 농담도 있다. 이제는 '히스토리'에서 '허스토리'로 바뀌는 것 같다. 여성들이 경제력을 가지면서 여성 상위 시대가 열렸기 때문이다. 그렇다고 아내 앞에서 '음메 기죽어' 할 수는 없지 않은가. 오히려 가끔 큰소리도 친다. 그럴 때 아내는 나의 기죽은 모습보다 큰소리치는 모습이 보기 좋단다. 아내와 내가 아무리 시대를 앞서 나갔대자 베이붐 세대가 아닌가. 가장의 기를 살리려는 배려의 멘트라는 걸 나도 안다. 잘나가는 여자 연예인의 남편이 아내에 대한 열등감을 참지 못하다가 잘못된 사례를 뉴스에서 보았다. 아내에게 기죽지 않으려고 무리하게 사업을 시도하다가 망하고 그것 때문에 갈등하다 가정 폭력으로 이혼을 당하기도 한다. 나도 그들의 마음을 조금은 이해한다. 알량한 남자의 자존심 때문이란 걸. 한때 나도 그런 보잘것없는 자존심을 느낀 적이 있다. 그렇지만 한 걸음 물러나서 '아내의 능력도 내 복이다'라고 여기면 인생이 행복해진다.

물론 여전히 그런 날을 꿈꾼다. C급 강사에서 A급 강사가 되는 날을. 강사 수입이 아내의 수입을 능가하는 날을. 매일 밀려드는 강의를 정중히 거절하는 날을. 내가 펴낸 책이 베스트셀러가 되어 서점에서 저자 사인회 하는 날을. 그날이 오면 주저

없이 유사 전업주부에서 즐겁게 음식을 만드는 온전한 전업주부가 될 것이다. 요리 학원에 등록하여 자격증도 취득할 것이다. 아내가 퇴근하여 집에 들어올 때, 내가 만든 맛있는 음식 냄새가 아파트 계단까지 차고 넘치게 할 것이다.

동창회에 가면 친구들이 나를 부러워한다. 자기들은 은퇴 후에 할 일이 없어 산에 다니고 있는데 나는 여전히 '강사님' 소리를 들으면서 일하고 있다고 말이다. 거기에 능력 있는 아내까지 두었으니 내 팔자가 상팔자라고 말이다. 그럴 때 난 속으로 소리친다.

'얀마, 그것도 다 내 복이야.'

물론 여전히 마음 한구석이 켕긴다. 아직도 난 '가장 콤플렉스'를 품고 있는 올드 보이니까.

시니어 프리랜서가
시대 변화에 대처하는 법

프리랜서 강사에게도 비수기와 성수기가 있다. 마치 농부에게 봄부터 가을까지가 농번기이고 추수가 끝난 겨울은 농한기인 것과 비슷하다. 도서관이나 학교, 교육청과 같은 관공서의 강의는 대부분 꽃 피는 춘삼월에 시작하여 눈 내리는 겨울, 크리스마스 이전까지 마무리된다. 강의가 없는 2월 말까지 프리랜서의 방학이다. 이때가 강사들의 휴식기이자 재충전기다. 말이 좋아 휴식기이지 상시 교육이 진행되는 문화센터나 교육센터에서 강의를 하지 않는다면 손가락을 빨고 있어야 하는 삭막한 시기이기도 하다. 생활인으로 본다면 1년 중 석 달이 무노동 무수입의 시기가 되는 셈이다.

가을 추수철에 수확이 좋다면 농부는 겨울 농한기를 느긋하게 즐길 수 있다. 마찬가지로 일할 수 있는 시기에 강의를 많이 한 강사에겐 이 기간이 아이들의 방학처럼 달콤한 휴식기가 된다. 여행하거나 글을 쓰거나 미처 읽지 못한 책을 읽으며 재충전할 수 있다. 나아가 다음 해를 준비하기 위해 강의 프로그램을 개발하거나 준비하는 시기이기도 하다. 프리랜서인 강사는 조직에 얽매이지 않아 자유롭지만 일이 없으면 '하얀 손(백수)'이다. 경제적 여유가 없는 프리랜서에겐 이 직업을 유지하는 게 그리 만만치 않다.

2020년은 연초부터 분위기가 좋았다. 1월부터 도서관 강의를 시작했다. 이천도서관과 광진도서관에서 독서 토론 프로그램을 진행하게 되었다. 이천도서관의 강의는 작년에 리더 과정을 수료한 분들을 대상으로 하는 심화 과정이었고, 광진도서관의 강의는 작년에 이어서 독서학교 주부들을 대상으로 한 리더 과정이었다. 이에 더해 대구서부도서관의 글쓰기 과정까지 맡아 6회차 주말 반으로 2월에 시작하여 3월 초에 마쳤다. 이처럼 비수기에 서너 곳에서 강의를 한다면 괜찮은 출발이었다.

하지만 코로나19 사태가 심각해지면서 상황이 급반전했다. 도서관이 휴관되고 강좌는 자연스레 연기되었다. 아산시립도서관 강좌는 3월에서 계속 미뤄지다가 6월에 시작하여 8월 말에 마쳤다. 3월에 끝날 예정이던 이천도서관 8강 강좌는 개강과 휴강을 반복하면서 7월 초에야 끝났다. 도서관에 가면 입구부터 살벌했다. 온도를 측정하고 연락처를 적고 소독제로 손을 소독해야 한다. 강의실에서는 강사나 수강자도 마스크를 착용하고선 일정 거리를 두고 앉아야 했다. 그런 노력에도 코로나 사태는 잠잠해지지 않았다. 결국 3월부터 예정되었던 봄, 여름 강좌들이 줄줄이 취소되었다. 강사들에게 위기가 닥쳤다.

위기危機는 '위험한 기회'이기도 하다. 언제 어느 때나 기회는 있다. 누구에게나 기회는 공평하게 찾아오지만 행운은 아무나 잡지 못한다. 준비한 사람만이 가능하다. 다행히 나에게 그런 기회가 대구에서 찾아왔다. 대구서부도서관 담당 과장의 전화였다. 5월부터 독서 토론 프로그램을 진행하자는 제안이었다. 조건은 대면 강의가 아니라 인터넷 프로그램으로 진행하는 비대면 강의였다. 당시 나는 그런 프로그램으로 진행한 경험이 없었다. 그쪽에서 '웹엑스'라는 프로그램을 소개했다. 단, 6강중 첫 강의와 마지막 강의는 대구로 내려와 도서관에서 진행해

달라는 내용이었다. 경험은 없었지만 기회가 좋았다. 나의 대답은 '예스'였다.

유튜브로 웹엑스 활용법을 배웠다. 줌 프로그램으로 집에서 대학 강의를 듣고 있는 딸에게도 도움을 받았다. 직접 강의실에서 하는 것처럼 생생하지는 않지만 그런대로 괜찮다고 했다. 인터넷 카페를 운영하거나 메신저 단체 대화방에서 진행되는 글쓰기 및 독서 토론은 진행 경험이 있지만 쌍방 통행식 실시간 인터넷 강의는 처음이었다. 프로그램에 접속하고 회의 룸을 만들어 딸을 초대했다. 각기 다른 방에서 화면으로 몇 번 연습을 시도했다. 환갑이 지나면서 새로운 프로그램이나 기술을 배우는 게 쉽지 않다. 일단 '하기 싫다'는 내면의 저항이 있다. 새로운 도전 자체가 번거롭고 불편하다. 이런 게 나이를 먹었다는 증표일 수도 있다. 늙었다는 얘기다. 하지만 어쩌겠는가. 일이니 하는 수밖에 없지 않은가. 프로는 언제나 도전하는 사람이다.

5월에 대구서부도서관에 내려가 첫 강의를 했다. 큰 강의실에서 노트북 화면을 바라보면서 혼자서 특강을 했다. 화면에 PPT 자료를 올리면서 강의를 이어갔다. 마치 방송국에서 혼자 강의를 녹화하는 듯한 느낌이었다. 빈 강의실은 넓어서 소리가 울렸다. 내 노트북은 구입한 지 꽤 된 것이어서 화면에 보이는 내 모습도 어두웠다. 수강자들의 얼굴이 보이지 않으니 빈 강의실에서 벽 보고 강의하는 느낌이었다. '이렇게 강의를 하는 게 얼마나 효과가 있을까?' 하는 의문도 있었다. 담당 사서는 방송국 프로듀서처럼 사무실에서 내 강의에 참여하여 메신저로 나에게 피드백을 해주었다. '목소리가 울린다', '연결 상태가 불량하다' 등등. 첫 강좌에 대한 감상은 대체로 만족이었다. 2강부터 5강까지는 집에서 진행하고 6강은 대구에서 마무리했다. 인터넷 비대면 강의의 첫 경험이 자신감을 주었다.

여름이 지나자 상황은 더욱 심각해졌다. 코로나19가 진정되지 않으며 바야흐로 콘택트contact에서 언콘택트uncontact 사회로 진화했다. 교육 현장은 벌써 변했다. 학교 수업은 비대면 수업으로 대치되었다. 대학도 마찬가지였다. 1학기 수업이 모두 인터넷 프로그램으로 진행되었다. 가을이 되면서 잠깐 학교 수업으로 원상 복귀되었다가 감염자들이 늘어나면서 다시 비대면 수업으로 바꿨다. 비대면 교육에 참여하는 교사나 학생들의 만족도는 높지 않다. 한 설문 조사에 따르면 학생들의 만족도가 교사보다 낮다는 결과가 나왔다. 이것은 교육이 단순히 교실이나 강의실에서 이뤄지는 것 이상이라는 뜻이다. 학습이 개인적이기도 하지만 함께 배우는 친구들과의 관계 속에서도 이루어진다는 얘기다. 나아가 친교나 사회적 활동도 생략돼 현장 교육에서만 얻을 수 있는 시너지가 생략된 것이다. 이런 점을 고려할 때 비대면 교육에 대한 학생들의 불만이 이해된다.

9월부터 모든 강의가 비대면 강의로 변했다. 내 경우 대구 강의로 경험했으니 새로운 상황에 적응하기가 쉬웠다. 오히려 공격적으로 준비했다. 성능 좋은 노트북을 구입했다. 집에서 대학 수업을 듣는 딸아이의 의견도 참조했다. 와이파이가 약해서 자기 방에서 듣는 수업이 끊기는 경우도 있다는 불만이었다. 별도로 공유기를 설치하고, 통신사에 추가 인터넷 선을 주문했다. 노트북을 새것으로 바꾸니 화면도 밝고 선명해서 좋았다. 역시 장비가 중요했다. 대구에서 활용했던 '웹엑스 프로그램'보다 학교나 기업에서 많이 사용하는 '줌 프로그램'의 유료 회원으로 가입하고 활용하기 시작했다.

시대가 변했다. 그런 변화에 발을 맞추어야 한다. 트렌드 세터나 얼리 어댑터까지는 아니더라도 추세를 놓치는 건 바람직하지 않다. 혼자 일하는 프리랜서일수록 이런 시대 변화를 예민하게 받아들여야 한다. 그러지 않으면 해당 분야에서 도태될 수밖에 없다. "죽느냐 사느냐"는 한순간의 선택에 달려 있는지도 모른다. 비대면 강의를 준비했기에 강의 요청에 적절히 대응할 수 있었다. 강의를 요청하는 담당자에게 선택권을 주고 대면 강의와 비대면 강의 중에서 선택할 수 있게 했다. 내가 가입한 줌 프로그램으로 진행하니 도서관에서 별도로 준비할 필요가 없었다. 9월 이후 대부분 강의를 비대면으로 진행했다. 음식 관련 도서와 식食 경험을 나누는 음식 독서 토론, '길 위의 인문학'의 글쓰기 과정, 학생과 교사 들의 서평 과정, 교육행정직 특강 등을 모두 비대면 강의로 했다.

새로운 영역에도 도전했다. 마포평생학습관에 등록한 시각장애인을 대상으로 한 글쓰기 강좌를 8주간 진행했다. 시각장애인들을 대상으로 글쓰기 강좌가 가능할까? 그것도 대면 강의가 아닌 비대면 강의를? 게다가 시각장애인들이 어떻게 줌 프로그램에 들어와서 강의를 들을 수 있지? 아마도 많은 사람이 이런 생각이 들 것이다. 나도 그랬다. 하지만 가능했다. 담당자에게서 연락이 왔다. 시각장애인에게 글쓰기 교육이 가능하겠느냐고 나에게 질문했다. 가능하다고 답했다. 그런 경험이 말해주었다. 지난 4년간 하상장애인복지관의 점자도서관에서 시각장애인 독서 토론을 진행했다. 그때 만난 한 분이 자신의 에세이를 피드백해달라고 요청한 적이 있다. 그의 글을 메일로 받았고, 피드백도 메일로 했다. 어느 날 메신저로 연락이 왔다. 장애인의 날에 응모하여 장려상을 받았단다. 고맙다며 모바일 커피 쿠폰을 보냈다. 깜짝 놀랐다. 어떻게 휴대폰 메신저를 사용할 줄 아느냐고 물었더니 배웠다고 한다. 이젠 시각장애인이 도움을 받을 수 있는 기기나 프로그램이 있어 메신저나 이메일도 사용할 수 있다는 사실을 그때 알았다.

시각장애인 글쓰기 강좌에 일곱 명이 참여하여 다섯 명이 완주했다. 글을 통해 그들의 인생을 알게 되었다. 약 절반이 선천적이었고 나머지가 후천적 시각장애인이었다. 유전적 질환으로 후천적 시각장애인이 된 남 선생은 음악 교사였다. 교사 생활을 하다가 시력이 약해져 퇴직하고 30년간 음악 학원을 운영했다. 최 선생은 종로에서 귀금속 세공사로 일하며 사업적으로 성공했지만 중도 실명과 암 수술로 절망의 구렁텅이에서 헤매다가 재기했다. 운동을 좋아하는 최 선생은 시각장애인 골프협회를 만든 창립 멤버이기도 하다. 송 선생은 시각장애인으로 태어났으나 부모의 헌신적인 뒷바라지 속에 맹아 학교를 다녔다. 하지만 학교생활은 그리 행복하지 못했다. 대학에 들어가서 독립한 후에야 비로소 자유를 얻고 숨통이 트였다고 한다. 박 선생은 「시내버스 탑승기」라는 글에서 시각장애인의 교통권을 강조했다. 이것은 편의 문제가 아니라 인권 문제라는 것이 글의 요지였다. 이들의 글에는 하나같이 진솔함이 가득했고 어려운 운명을 극복하며 살아온 땀과 눈물이 담겨 있었다. 그들의 글을 통해 시각장애인의 아픔과 어려움을 조금 더 이해하게 되었다. 코로나로 인한 비대면 시대 속에서도, 앞이 보이지 않는 장애에도 그들의 글쓰기는 멈추지 않았고, 난 그들과 함께할 수 있다는 사실이 새삼 감격스러웠다.

새로운 글쓰기 프로그램도 개발했다. 숭례문학당에 줌 프로그램으로 진행하는 비대면 글쓰기 과정을 개설했다. 실용 글쓰기와 서평 쓰기 입문 과정, 중급 과정 등이다. 지방에서 수도권에 있는 강사를 부르는 것은 어렵다고 한다. 수도권 강사를 초청하려면 강사비 이외에 교통비도 지급해야 한다. 관공서의 강사비가 전국 어느 곳이나 일정한데 교통비와 추가 비용까지 감당하면서 초청하기가 어렵다는 말이다. 지방의 수강생들도 마찬가지다. 서울까지 와서 강좌를 듣기엔 물리적 거리가 너무

멀다. 시간도 시간이지만 수강료보다 교통비가 더 많이 든다. 물론 부산에서 KTX로 올라오거나, 제주도에서 비행기를 타고 온 열혈 학습자도 있다. 하지만 대부분은 교통비가 교육비보다 많이 소요되어 포기한다. 배보다 배꼽이 더 큰 경우다. 코로나 사태로 교육 환경이 변했고 비대면 교육이 강조되는 때라 좋은 계기가 되었다. 숭례문학당에 개설한 비대면 글쓰기 강좌는 자연스럽게 지방에 있는 학습자에게 좋은 기회가 되었다. 시대에 맞는 아이디어이니 어찌 좋지 않겠는가.

세상은 언제나 변한다. "세상의 유일한 진실은 모든 것이 변한다는 사실이다"라는 말이 있지 않은가. 이번 코로나 사태는 부정적인 방향으로 오랫동안 진행되었다. 이 역병이 세계적으로 창궐하여 많은 국가의 국민들이 힘들어하고 있다. 전문가에 따르면 코로나를 극복하는 데 최소 3년이 필요하다. 백신을 만들어 시민에게 투여하고 효과와 부작용을 확인하는 데 걸리는 시간과 치료제를 개발하여 환자를 치료하고 그 효과를 확인하는 데 필요한 시간을 합한 기간이다. 지금은 코로나 사태로 전 세계가 위기를 맞이하고 있다. 하지만 위기는 새로운 기회일 수도 있다. 세상이 변하면서 교육 환경도 바뀌었다. 이제는 언제 어디서나 같은 시간에 함께 학습할 수 있는 유비쿼터스 시대가 되었다. 컴퓨터와 인터넷의 발달 덕분이다. 혼자 일하는 프리랜서는 이런 시대 변화에 적응하며 살아남아야 한다. 늘 준비하는 마음으로 문명의 이기를 이용할 줄 아는 슬기로운 생활을 해야 한다.

마음이 아프면
몸도 아프다

건강의 기준이 무엇일까? 사람마다 나름의 기준이 있을 것이다. 하지만 누구나 인정할 수 있는 객관적인 기준이 있다. 세계보건기구WHO, World Health Organization의 건강에 대한 정의를 살펴보자. "건강이란 단순히 질병이 없고 허약하지 않은 상태만을 의미하는 것이 아니라 육체적·정신적 및 사회적으로 완전한 상태를 말한다." 이 정의는 1948년 4월 7일에 발표한 보건헌장에 쓰인 건강의 개념이다. 즉 건강은 육체적physical, 정신적mental, 사회적social 건강을 말한다. 여기에 영적spiritual 안녕이 추가되었다. 1998년 1월 101차 세계보건기구 집행이사회에서 결의하고 5월에 열린 세계보건기구 본회의에서 승인한 것이다.

거창하게 세계보건기구까지 들먹이며 건강의 기준을 정리해보았지만, 사실 나는 지금까지 건강에 대해 특별히 생각해본 적이 별로 없다. 큰 탈 없이 건강하게 살아왔기 때문이다. 어린 시절 기초 체력을 축구로 다졌다. 중학생 때부터 축구를 좋아했다. 공을 차고 달릴 때 그렇게 상쾌할 수가 없었다. 당시 제일 좋아하던 선수가 차범근이었다. 중고교 시절에 운동장을 달린 것이 하체를 단련시켰고 고교 시절 체력장을 위해 철봉과 평행봉을 했던 것이 상체 근육을 만들어주었다. 살아오면서 겪은 질병은 감기, 몸살 정도였다. 사고로는 대학 시절 건널목을 건너다가 자가용에 치인 게 다다. 서행으로 달리던 운전자가 브레이크를 잡았는데 차가 밀리면서 부딪힌 것이다. 큰 부상이 아니어서 하루 정도 병원에 입원하고 퇴원했다. 또 배에서 엔지니어로 일할 때, 몇 군데 다쳤다. 작업 중에 상처를 입었다. 발등과 손바닥에 있는 흉터는 그때 몇 바늘씩 꿰맨 영광의 상처다. 가장 큰 것은 앞니가 부러진 사고다. 참치잡이 배에서 일어난 사고였다. 비가 내리고 파도가 거세게 몰아치던 어느 날, 야간 작업을 하던 중이었다. 주낙이 절단되어 없어져서 갑판 작업을 도와주려고 나갔다가 사고를 당했다. 선원이 들고 있던 어구가 내 입을 쳤다. '픽' 소리와 함께 앞니가 부서졌다. 침을 뱉으니 피와 함께 이 조각이 나왔다. 귀국해서 치과 치료한 지 40여 년이 지났지만 아직 이가 튼튼하다. 다른 사람들은 모르지만 내 앞니는 조스 이빨이다.

몸을 다치면 의료적 처치로 회복된다. 하지만 마음의 경우는 다르다. 마음이 충격을 받거나 상처를 받으면 치유되는 데 시간이 걸린다. 자칫하면 이것이 평생 트라우마가 되기도 한다. 지금까지 살아오면서 여러 번 마음에 상처를 입었다. 스스로 만든 적도 있고, 다른 사람으로부터 받은 일도 있었다.

나는 베이비붐 세대로 모든 입시에서 시험을 치른 세대다. 중학교, 고등학교를 진학할 때 입학시험과 체력장을 치렀고, 대학 입시에서도 체력장, 예비고사, 본고사, 면접까지 경험했다. 첫 번째 충격은 고교 낙방에서 왔다. 합격자 발표일, 라디오에 귀를 기울이며 발표를 듣고 있는데 줄줄이 흘러나오는 명단에 내 번호는 없었다. '떨어졌구나.' 갑자기 머릿속이 하얘지고 멍해지면서 아무런 생각도 없었다. 시간이 지나면서 많은 생각이 교차했다. '이젠 어떻게 하지? 집에서 도망쳐버릴까, 자살할까?' 처음으로 죽음을 생각한 순간이었다. 아들의 낙방 소식에 부모님은 속상했을 텐데 아무 말이 없었다.

고교 시절, 대학 입시에서 다시 실패를 맛보았다. '나는 누구인가, 인생이란 무엇인가, 어떻게 사는 것이 잘 사는 것일까?'를 고민하던 질풍노도의 시기였다. 대학에서 철학을 전공하고 싶었다. 철학이 인생의 답을 줄 것 같았다. 그러나 부모님이 반대했다. 생계가 무엇보다 중요한 시절이었다. 한전에 다니던 아버지가 은퇴한 이후였으니 더욱 그런 생각을 가졌다. 1970년대는 산업화 시절이었다. 대학 입학 원서를 쓸 때 어머니가 학교까지 따라왔다. 딴짓을 못 하게 하려는 것이었다. 모 대학의 건축과에 응시했지만 낙방했다. 인생의 시험에서 겪은 두 번째 낙방이었다.

그때 마음을 바꾸었다. '그래, 자립하자. 스스로 벌어서 공부하자.' 그래서 수산계 대학에 진학했다. '5년간 승선하면서 경제적으로 자립하고 세상 구경도 하면서 병역 문제를 해결하자.' 고등학교와 대학 입시에서 연이은 낙방으로 친구들보다 2년이 늦어졌으니 그만큼의 시간을 복구하려고 했다. 졸업 후 곧바로 수산 회사에 취직하여 군대를 다녀온 친구들보다 사회생활을 먼저 시작했다. 기간산업체에 5년간 근무하면서 병역 문제도 함께 해결했다. 방황하는 20대를 붙잡아준 것은 못다 한 공부에 대한 꿈이었다. 배에서 일한 지 5년이 지났을 때 미련 없이 배를 떠났다. 귀국하여 곧바로 대학에 편입해서 공부했다. 공부하다가 일하고 일하다가 공부를 이어갔다. 30대 중반에 회사를 그만두고 미국 유학을 감행한 것도 그런 열정 때문이었다. 결핍이 욕망을 자극한 것이다.

미국 유학을 다녀와서 부산의 어느 수산 회사에서 일하게 되었다. 내가 유학하는 데 도움을 준 최 사장의 부탁 때문이었다. 도움을 받았으니 빚을 갚을 수밖에 없었다. 그는 부산에 수산 회사와 무역 회사를 설립하여 운영 중이었다. 몇 척의 어선을 운영하는 작은 회사였지만 회사 분위기는 좋았다. 중간 책임자들은 모두 기관장을 역임한 사람들이었고 학교 후배도 있었다. 회사를 성장시키기 위해 합심해서 즐겁게 일했다. 수산업은 농업처럼 환경에 영향을 받는 1차 산업이다. 따라서 사업 운도 중요하다. 일단 배가 출항하면 회사는 어떤 것도 통제할 수가 없다. 모든 걸 선장과 기관장의 능력과 운에 맡기는 수밖에 없다. 고기를 잘 잡는 선장을 수덕水德이 좋다고 하고, 기계를 사고 없이 운전하는 기관장을 쇠덕金德이 많은 사람이라 불렀다. 망망대해 위 어선에서 작업하다 보니 그런 운運을 말하는 것이리라. 인생은 노력한다고 성공하는 게 아니었다. 불운이 찾아왔다. 그것도 한 번이 아니고 연이어 밀어닥쳤다. 북태평양에서 조업 중이던 꽁치 어선에는 기관에 문제가 생겨 어기를 놓쳤고, 남태평양 사모아 조선소에서 수리 중이던 참치 배는 불이 나 전소되었다. 이것이 원인이 되어 결국 회사는 문을 닫았다.

나에게 불어닥친 태풍은 회사 일만이 아니었다. 작은형 문제도 작지 않았다. 회사 문제보다 작은형의 문제가 먼저 터졌다. 작은형이 사업을 하는 데 경제적으로 도움을 주었다. 하지만 형의 회사가 부도나면서 모든 게 물거품이 되었다. 형을 만나러 서울에 올라갔더니 "자살하고 싶다"고 말했다. 그런 무책임한 말을 하다니, 가슴이 답답하고 화가 났다. 하지만 미안해하는 형에게 다른 말을 할 수가 없었다. 급한 불을 끄는 게 우선이었다. 부모님께 말씀드리고 시골집을 팔아서 급한 상황을 정리했다.

IMF로 동생네 가정에도 문제가 생겼다. 을지로에서 인쇄업을 하던 매제가 무너졌다. 안산에서 작은 식당을 운영하며 재기를 도모하기에 그때 도움을 주었지만, 그마저도 실패로 끝났다. 엎친 데 덮친 격이었다.

오랜 우정을 나눴던 친구를 믿고 투자했던 사업에도 적신호가 켜졌다. 그 사업은 망했고, 친구는 종적을 감췄다. 하는 일마다 실패였고 결과는 참담했다. 사업은 사람이 하는 일이라 신뢰가 중요하다고 생각했다. 하다 보면 사업은 성공할 수도 있고 실패할 수도 있다고 생각한다. 하지만 인간관계를 그렇게 해서는 안 되었다. 인간이 인간인 것은 도리를 아는 존재이기 때문 아닌가. '나에게 이럴 수 있을까!'를 생각하니 분노가 쌓였다. 또 한 번 큰 가슴앓이를 했다. 결국, 돈 잃고 친구 잃었다.

밤에 잠을 잘 수가 없었다. 불면증이 찾아왔다. 가슴이 답답하고 식은땀이 났다. 마음에 병이 생긴 것이다. 밥을 먹어도 소화가 되지 않고 신경도 예민해졌다. 잠이 오지 않아 새벽까지 TV를 켜놓고 멍청하게 앉아 있기도 했다. 안 되겠다 싶었다. 마음을 안정시킬 무언가 다른 방편을 찾아야 했다. 마음에 병이 생기면 몸에도 이상이 찾아온다. 그때부터 마음공부를 시작했다. 마음이 건강해야 몸도 건강할 수 있다는 것을 깨달았다.

그렇게 시작한 것이 명상과 기체조다. 그러다가 박희선 박사의 『과학자의 생활참선기』(정신세계사, 1988)를 읽게 되었다. 박희선 박사는 일본 유학 시절 건강에 문제가 생겨 그곳의 한 스님으로부터 참선을 배웠다. 참선을 통해 건강을 회복할 수 있었고 공부하는 데도 도움을 받았다고 한다. 그는 명상을 '생활 참선'이라고 불렀다. 부산 생활을 정리하고 서울로 올라왔을 때, 박희선 박사가 운영하는 참선 모임을 찾아갔다. 한동안 그곳에서 참선을 배웠다. 참선을 하면서 어느 정도 마음을 안정시킬 수 있었다. 나중에는 최 선배의 소개로 알게 된 명상 대가를 만나 수련을 하기도 했다.

명상이란 무엇일까? '마음을 고요히 집중하여 몸과 마음을 일깨우는 과정'이다. 요가, 선, 기공, 기도 등이 명상이다. 동動, 정靜, 좌坐, 와臥, 움직이거나 멈춰 있거나, 앉아 있거나 누워 있어도 몸과 마음을 하나로 집중하면 모든 게 명상이 될 수 있다. 책을 읽는 것, 노래하는 것, 춤을 추는 것, 운동하는 것도 좋은 명상이다. 나에게 명상은 마음을 안정시키고 건강을 지켜주는 좋은 방편이었다. 명상은 몸이 피곤할 때 쉬는 것처럼 마음이 스트레스로 힘들 때 그것에서 벗어날 수 있게 하는 기술이다. 몸과 마음을 호흡으로 일치시키는 '집중명상'과 힘든 상황을 객관화하여 깨닫게 하는 '자각명상'은 좋은 생활 명상법이다.

함께 명상을 수련한 사람들이 모여 강남에서 명상원을 2년간 운영하기도 했다.

지난날을 돌아보면 내 삶은 실패의 연속이었다. 인생을 잘못 살았나 생각한 적도 있다. 배신을 당했을 때 특히 그랬다. 함께 일을 해보면 이해관계 속에서 그 사람의 품성이 드러난다. 그래서 만날 때보다 헤어질 때가 더 중요하다고 생각한다. 사람 공부를 많이 한 셈이다. 많은 일을 겪으면서 마음의 상처는 곪고 터지고 아물고 다시 도졌다. 마음이 아프면 몸도 아프다. 마찬가지로 몸이 아프면 마음도 우울해진다. 중년의 나이에 마음 건강을 위해 명상을 배웠고, 몸 건강을 위해 달리기를 시작했다. 어려울 때마다 나 스스로 모든 것을 해결한 것은 아니다. 명상만으로 모든 게 해결된 것은 아니다. 내가 속세를 떠난 구도자는 아니지 않은가. 힘들 때마다 함께해준 사람들이 있었다. 변함없이 곁을 지켜준 아내, 먼 길을 찾아와 위로하고 격려해준 최 선배와 유 선배, 문 선배가 있었다. 이들이 있어 견딜 수 있었다.

노년에 접어들면서 노인들의 고통에 대해 생각하게 된다. 몸의 노쇠와 질병, 경제적 어려움, 외로움이 노인의 적이다. 선진국 중에서 한국의 노인 자살률이 1위라고 한다. 이 지표가 무엇을 의미할까. 남녀노소 가림이 없겠지만 특히 노년에는 몸뿐 아니라 마음의 건강도 똑같이 중요하다. 함께 활동하고 참여할 수 있는 모임이 있으면 좋다. 그런 의미에서 취미 생활을 하거나 좋아하는 일을 한다면 금상첨화가 아닐까 싶다. 인생 후반까지 직업을 가지고 일을 하겠다고 마음먹었다면, 몸과 마음의 건강은 필수다.

시니어가
운동을 즐기면 좋은 진짜 이유

건강에 자신하던 시절이 지나자 시간의 흐름을 체감한다. 세월을 이길 수 있는 자가 누가 있으랴. 40대가 되면서 자연스럽게 체중이 늘기 시작했다. 일명 나잇살이다. 20년 동안 70킬로그램대로 유지되던 체중이 80킬로그램을 넘어섰다. 허릿살이 늘고 몸이 거북하고 불편해졌다. 아내도 30대 후반에 늦둥이 딸을 낳은 후 체중이 줄지 않는다고 말하곤 했다. 결국 우리 부부는 공원에 나가서 달리기 시작했다. 처음에는 몸이 무거워 천천히 달렸다. 2~3킬로미터를 달리는 것만으로도 심신이 상쾌해졌다.

조깅이었던 달리기가 변화하기 시작했다. 2002년 5월 1일, 노동자의 날 행사에서 5킬로미터를 달렸다. 아내는 입상하여 상으로 청소기를 받았다. 그것이 우리 부부가 달림이(마라톤을 즐기는 사람을 가리키는 말)의 세계로 들어가는 계기가 되었다. 체중 조절과 건강을 위해 달리기를 시작했는데, 입상하여 상품까지 받으니 꿩 먹고 알 먹고 누이 좋고 매부 좋은 격이었다. 아내의 눈이 반짝거렸다. 〈여성신문〉이 주최한 여성 마라톤 대회에서는 텔레비전을 부상으로 받았다. 출전하는 대회마다 상금과 부상을 받으니 아내는 얼마나 신이 났겠는가. 직장인이지만 매일 일찍 일어나 운동하고 출근하면서 그런 성과를 냈다. 달리기를 하기 전에는 운동한 적이 거의 없었다.

아내의 과거를 보면 그 이유를 이해할 수 있다. 학창 시절 수영 선수였고, 졸업 후에는 프로 운동 선수였다. 1988년에 선수 생활을 은퇴하고 평범한 직장인으로 10년 넘게 살아왔다. 그럼에도 젊은 시절에 다지고 길렀던 기초 체력과 운동 능력이 몸속에 잠재되어 있었다. 나는 아내를 '독한 피플people'이라 불렀다. 무엇이든 시작하면 끝을 보는 근성 때문이다. 운동을 하면서 눈빛이 달라졌다. 운동하는 사람들에게 가장 먼 길은 안방에서 대문까지의 거리다. 일단 집 밖으로 나가면 운동을 할 수 있는데 이불 속에서 미적거리거나 다른 핑계를 대고 미룬다. 남의 얘기가 아니라 바로 내 얘기다. 그러나 아내는 마음을 먹으면 곧바로 실천하는 사람이다. 운동선수 시절 숨이 턱까지 올라오고 죽을 것 같은 순간을 넘나들던 기준을 가졌다. 그때에 비하면 이 정도는 아무것도 아니라고 말한다. 은퇴했지만 자세는 프로다.

나와 아내는 운동하는 기준이 서로 달랐다. 나는 즐기는 펀런fun-run족이고 완주만 하면 되는 완주파다. 아내는 목표를 정하고 달성하는 기록파다. 도전하면 좋은 결과를 원했다. 2002년에 시작하여 목표가 점점 높아졌다. 5킬로미터를 완주하고, 10킬로미터 대회에 출전했다. 하프대회에도 출전했다. 안동국제탈춤페스티벌 행사 일환인 하프마라톤대회와 충북 괴산의 문화청결고추 하프마라톤대회에 가서 10킬로미터를 완주했다. 경기도 수원의 경기마라톤대회와 화성 효 마라톤대회는 진짜 하프코스(21.0975km) 대회였다. 첫 풀코스(42.195km) 완주는 2003년 10월, 〈조선일보〉 춘천 마라톤 대회에서 했다. 나는 간신히 완주는 했지만 연습량 부족으로 후반에 다리에 쥐가 나서 고생했다. 4시간 3분. 내가 완주한 6개

풀코스 대회 중 최고 기록이다. 가을 정취 속에서 춘천 호반을 달리는 춘천 마라톤 코스는 아마추어 마라토너들이 가장 좋아한다. 적당한 오르막과 내리막, 시골길의 정취를 맛볼 수 있는 멋진 코스다.

마라톤을 할 때 달리면서 '도대체 힘든 이것을 왜 하고 있니?'라며 후회한다. 그런데 결승선을 통과하고 나면 언제 그런 생각이 있었는지 잊는다. 달리기를 하면서 체중도 5킬로그램가량 감량하게 되었다. 당연히 몸도 가뿐해졌다. 풀코스를 완주하고 나니 자신감이 생겼다. 또다시 도전할 수 있는 원동력이 되었다. 춘천 마라톤을 마치고 돌아오는 길에 교통 체증이 심해서 몸이 힘들었다. 그래서 먼 곳의 마라톤 대회는 참가하지 말자고 아내에게 얘기하고 그 뒤론 서울에서 개최되는 대회에만 참가했다. 봄에는 〈동아일보〉가 주최하는 동아마라톤, 가을에는 〈중앙일보〉가 주최하는 중앙마라톤이 있다. 완주한 여섯 번 대회 중 다섯 번이 서울에서 열린다. 동아마라톤 2회, 중앙마라톤 3회를 완주했다. 48세에 처음으로 춘천 마라톤을, 54세인 2009년에 중앙마라톤을 완주했다. 풀코스였지만 완주파로서 연습을 많이 하지 않아 기록은 점점 퇴보했다. 마지막 대회인 중앙마라톤에서는 5시간 3분에 들어왔다. 그럼에도 풀코스를 완주했다는 성취감은 아직까지 가슴속에 남아 있다.

아내는 달랐다. 여러 대회에 참가했고 많은 상을 받았다. 물론 입상을 하면 부상도 있었다. 쌀을 받거나 간고등어를 받아온 적도 있다. 상금을 받아 와서 가족 회식비로 투척하기도 했다. 5킬로미터 대회에서 7회, 10킬로미터 대회에서 5회, 하프코스에서 8회, 풀코스에서도 2회 상을 받았다. 마라톤 풀코스는 처음 나갔던 2003년 동아마라톤에서 4시간 3분에 완주했는데 다음 해인 2004년에는 3시간 14분으로 거의 50분을 단축했다. 처음에 우리 부부는 공원과 운동장에서 달리는 정도였다. 그런데 2003년 후반에 마라톤 클럽에 가입해 잘 뛰는 회원들과 운동하면서 비약적으로 발전하기 시작했다. 당시 마라톤 클럽에서 대회에 나가면 입상하는 유일한 여성 회원이 아내였다.

직장인이자 중년 부인이 마라톤에서 뛰어난 실력을 발휘하니 철인삼종 클럽에서 함께하자는 제의가 들어왔다. 마라톤에서 철인삼종으로 전환한 친구가 아내를 꼬드겼다.

"당신은 철인삼종도 쉽게 할 수 있다. 마라톤도 잘하지 수영은 선수 출신이니 더 말할 게 없다."

사실 철인삼종에 도전하는 사람들에게 가장 큰 문제는 수영이다. 바다 수영을 해야 하는데 이게 큰 난관이다. 아내는 선수 출신이기에 철인삼종 클럽 회원들에게 도움을 줄 수 있고, 마라톤도 수준급이었으니 그런 제의가 들어올 만했다. 아내는 회원들이 수영 연습을 할 때 코치를 하며 도움을 주었다. 달리기 할 때 쓰는 근육과 사이클을 타는 근육은 같다. 마라톤을 잘하는 사람은 사이클도 잘 탈 수밖에 없다. 아내의 문제는 사이클에 대한 두려움에 있었다. 자전거를 탈 줄은 알았지만, 겁이 많아서 넘어질까 두려워했다. 사이클에서 사고가 많았고 넘어져 다치면 부상이 컸기 때문이다. 그런 두려움 때문에 오르막은 잘 올라가는데 내리막길에서 속도를 내지 못했다. 아마도 아내가 사이클을 자신 있게 탔다면 아마추어 철인삼종에서 전국구 스타가 됐을지도 모른다.

철인삼종은 돈이 드는 비싼 운동이다. 취미 활동이지만 준비하는 데 돈이 든다. 마라톤 경우 운동복과 운동화만 있으면 된다. 철인삼종을 하려면 수영 수트와 사이클을 준비해야 한다. 수트는 잠수사나 해녀가 입는 바로 그 수트다. 물속에서 체온을 보온한다. 맞춰야 하는 옷인데 몇십만 원이 들었다. 사이클

가격 또한 부담이다. 회원 중에는 수백만 원에서 천만 원짜리 사이클을 구입한 사람도 있었다. 항공기를 만드는 데 쓰이는 재료로 만든 고급 사이클은 손가락으로도 가볍게 들린다. 사이클의 무게와 달리는 속도가 반비례한다고 하니 철인삼종을 하는 사람들은 좋은 기록을 위해 좋은 사이클을 구입하기를 원한다. 아내는 다른 회원으로부터 중고 사이클을 샀다. 철인삼종 대회는 참가비도 비싸다. 챔피언 코스인 제주도 대회에 참가할 때는 참가비만 30만 원이 넘었다. 거기에다 사이클을 보내는 비용, 제주도까지 가는 교통비, 그 외 숙식비 등 부대비용이 많이 들어갔다. 그럼에도 왜 사람들은 철인삼종에 도전할까? "인간의 한계에 도전한다!" 대회의 표어처럼 자신의 한계를 넘어보려고 도전하는 게 인간 아닌가.

　아내는 철인삼종대회에서도 좋은 기록을 냈다. 특히 제주도 대회에서의 기록은 의미가 있었다. 국제 인증 대회라 외국인들도 많이 참가했다. 대회에서 일정 수준 이상의 기록으로 완주하면 하와이 국제 철인 대회에 참여할 수 있는 자격도 준다고 했다. 철인클럽 회원들도 20여 명 참가했다. 나는 도우미로 따라갔다. 회원들의 가족이 동행하여 도우미를 했다. 코스마다 도우미가 배치되고, 그곳에서 간식을 전달하거나 소리치며 응원했다. 다음 날, 돌아오는 제주 공항에서 완주자들을 보았다. '완주자Finisher'라고 적힌 검은색 셔츠를 입고 있었다. 완주자에게만 주는 셔츠였다. 자신이 대견하고 자랑스럽다고 여기는 듯했다. 왜 아니 그렇겠는가. 이들은 인간의 한계를 뛰어넘은 사람들이다. 그들은 인증된 철인鐵人이 아닌가.

나도 철인 대회에 도전했다. 2007년 10월, 전국 울진트라이애슬론대회다. 수영 1.5킬로미터, 사이클 40킬로미터, 단축마라톤 10킬로미터의 올림픽 코스였다. 수영에 미숙해서 아내가 남은 5킬로미터를 끌어주지 않았다며 완주하지 못했을 것이다. 3시간 29분 06초 기록이었다. 철인 아내 덕분에 완주증을 받을 수 있었다. 이것이 나의 철인 생활에서 받은 처음이자 마지막 인증서다.

2009년을 기점으로 달리기에서 멀어졌다. 이유 중 하나는 나에게 있었고, 다른 하나는 아내에게 있었다. 완주파인 나는 목표를 달성하고 나니 흥미가 시들해졌고, 아내는 족저근막염이 생겨 그다음 목표에 도전하지 못했다. 결단을 내려야 할 때가 왔다. 본인이 결정 못 하니 내가 말렸다. 무엇이든 지나치면 모자람만 못하다. 결국 그렇게 우리 부부는 마라톤을 떠나게

됐다. 그 뒤로 우리는 가벼운 운동으로 바꾸었다. 주말마다 가까운 산을 트레킹하기도 한다.

우리 부부는 왜 이렇게 열심히 운동할까? 물론 몸과 마음의 건강을 위해서다. 하지만 그 이유만으로 설명이 부족하다. 인생은 계속해서 목표를 정하고 그것을 이루면서 죽는 날까지 삶을 의미를 되새기며 살아가는 것이 아닐까 싶다. 직업도 마찬가지다 왜 인생 후반까지 우리는 일을 하려고 할까? 한평생 널심히 살았으니 쉬어도 좋지 않겠느냐고 말할지 모른다. 일은 우리의 정신과 육체를 건강하게 해준다. 누군가는 프리랜서라는 내 직업을 초라하게 생각할 수도 있다. 또 다른 이는 이런 내 모습이 큰 욕심으로 보일 수도 있다. 하지만 내게 일은 삶의 의미를 일깨우는 도구이고 성장하는 인간임을 느끼게 해주는 소중한 수단이다. 인간의 한계에 도전하는 거창한 일은 아니라도, 나는 아직도 내 직업에서 목표를 달성하지 못했고, 완주파인 나는 완주했다는 확신이 들 때까지 최선을 다할 생각이다.

독서 토론과 글쓰기 강사의
자녀 교육

어린 시절, 아버지는 술을 마시고 들어올 때마다 이런 말씀을 하시곤 했다. "자식 중에 장관이 두 명 나올 거야!" 이런 밑도 끝도 없는 말씀을 무슨 근거로 하셨을까. 어디서 누구에게 이런 신탁을 받으셨단 말인가. 어린 마음에 '혹시 형제 중 누군가는 그럴 수도 있지 않을까' 하는 생각이 들기도 했다. 일종의 피그말리온 효과였다. 키프로스의 조각가 피그말리온이 자신이 만든 조각상을 지극히 사랑하자 여인으로 변했다는 그리스 신화에서 유래한 말이다. 이처럼 긍정적인 기대나 관심이 사람에게 좋은 영향을 미칠 때 피그말리온 효과라고 한다. 나도 한

때 진정으로 원하면 꿈은 이루어진다고 믿은 적이 있다. 자기계발서 『시크릿』(살림Biz, 2007)이 한때 베스트셀러였던 때가 있지 않은가. 물론 우리 형제자매 3남 2녀 중 장관이 된 사람은 아무도 없다. 큰형이 행정공무원, 누나가 교사로 교육공무원이었다. 다른 형제는 평범한 직장인이나 자영업자였다. 아버지는 자신이 이루지 못한 꿈을 자식에게 투사한 것인지, 아니면 자식들에 대한 기대를 그렇게 표현한 것인지 알 수가 없다.

나는 아버지로서 아이들에게 그런 기대감을 품지 않았다. 자식 교육의 목표는 단순했다. "주체적이고 독립적인 인간이 돼라." 별 탈 없이 건강하게 성장하면서 부모를 웃음 짓게 만들면 그것이 곧 효도의 시작이었다. 어른이 되어 부모에게 걱정이나 부담을 주지 않고 주체적이고 독립적으로 살아간다면 그것이 효도의 마지막이다. 자식에게 부모가 이루지 못한 꿈을 대신 이루어달라고 부탁하고 싶지 않았다. 인생은 각자 자신이 책임지는 것이라 생각했다. 나 역시 그렇게 살아왔다. 시골 출신으로 지방에서 초, 중, 고등학교를 다녔고 대학도 마찬가지였다. 부모가 평범한데 자식에게 비범한 것을 원하는 것은 강요이자 억압이라고 생각한다. 설령 자신이 대단한 업적을 이룬 부모라

할지라도 마찬가지다. 부모는 자식이 행복하길 바라지만 그것은 부모의 영원한 희망 사항일 뿐이다.

그런 면에서 우리 부부는 생각이 같았다. 아이들이 명랑하고 건강하게 컸으면 좋겠다고 생각했다. 아내가 큰애를 낳았을 때 장인과 장모님이 우리 집에 오셨다. 아이를 돌봐주시기 위함이었다. 직장 생활하는 딸을 위해 상경하신 것이다. 아들과 딸은 외할아버지와 외할머니의 사랑을 듬뿍 받고 자랐다. 사랑을 많이 받은 아이들은 정서가 안정적이다. 학교에 가서 담임교사를 만날 때마다 같은 말을 들었다. "호진이는 품성이 좋아요." "은지는 착하고 똑똑해요." 아이들을 티 없이 밝게 키워주신 장인과 장모님께 항상 감사할 따름이다.

아들은 학창 시절 친구들과 한 번도 다투거나 싸운 적이 없다. 초등학교 시절 다른 애들에게 기죽지 말고 다니라고 태권도장에 보냈다. 어느 날 아들이 이런 말을 한 적이 있다. 어떤 친구가 자기를 건드렸단다. 그러자 옆에 있던 친구가 그 아이에게 "호진이는 태권도가 3단이야"라고 말했더니 슬그머니 자리를 피하더란다. 아들이 음악을 이해하는 남자가 되었으면 싶어서 피아노 학원에도 보냈다. 성적을 위한 보습학원에는 보내지 않았다. 딸아이도 마찬가지였다.

내가 특히 신경 쓴 것은 독서 교육이었다. 독서가 지적 발달과 인성 교육에 좋다고 생각했다. 교육 회사에서 일하면서 독서가 아이들의 인지 발달에 중요하다는 것을 확실히 깨달았다. 당시 회사의 교육과 독서 교육에 관한 책들을 많이 읽으면서 생각이 확고해졌다. 늦둥이 딸이 그 혜택을 제대로 받았다. 내가 일하던 회사가 영유아 교육 전문 회사였다. 아내가 아이를 가졌을 때부터 책을 읽어주며 태중 교육을 했다. 두 살 때부터 놀이 교육을 했다. 매주 한 번 방문 교사가 찾아와 프로그램을 시연하면 내가 배워서 진행했다.

딸은 책을 좋아했다. 아이에게 책 읽기는 공부가 아니고 놀이였다. 한글도 문자 구조를 이해하면서 익히는 것이 아니라 자연스럽게 받아들였다. 시옷에 '아'를 합하여 '사' 자를 이해하는 게 아니라 '사과'의 '사'로 익혔다. 어느 날, 딸이 혼자서 동화책을 읽고 있었다. 깜짝 놀라며 '와, 우리 딸이 천재구나!' 생각했다. 아이는 글자를 알아서 읽었던 것이 아니라 아예 동화를 외우고 있었다.

아이들에게 세상은 호기심 천국이다. 뇌과학에 따르면 아이의 뇌는 태어나면서부터 곧바로 발달하기 시작한다. 뇌를 발달

시키는 데 중요한 것은 자극이다. 오감 자극으로 뇌세포와 뇌세포가 연결되며 활성화된다. 많은 자극을 받으면 그만큼 두뇌가 좋아진다. 대부분 영유아 프로그램이 그런 자극에 초점이 맞춰져 있다. 특히 책 읽기가 좋다. 청각과 시각, 촉각 등에 연결된다. 유아 교육 책에서 아이에게 말할 때는 정확한 어휘를 사용하라고 한다. 예를 들면 "맘마 먹자"가 아니라 "우유 먹자, 밥 먹자"라고 해야 하고, "응가 하자"가 아니라 "오줌 싸자, 똥 싸자"라고 말해야 한다. 많은 이야기를 해줄수록 아이의 두뇌는 계발된다. 어느 날 갑자기 딸의 말문이 터졌다. 어쩌면 그렇게 말을 잘하는지. 딸아이는 질문하기 시작했다.

"왜 하늘이 파란색이야?"

"왜 꽃에서는 향기가 나는 거야?"

아이들의 호기심은 질문의 원천이다. 부모는 아이의 질문과 호기심을 잘 이끌어주어야 한다. 책으로 안내해야 한다.

"아빠도 그것은 알 수 없구나. 책을 찾아보자. 거기에 네가 묻는 답이 있단다."

아이는 책에서 자신의 궁금증과 호기심을 풀었다. 자연스럽게 책을 찾아 읽게 되었다.

부모는 아이에게 좋은 책을 골라주어야 한다. 부모가 먼저 책을 읽고 확인하거나 전문가의 조언을 받는 게 좋을 것이다. 내 경우 내 책 읽기에도 바쁜 입장이라 그렇게 하기가 어려웠다. 그래서 다른 방편을 찾았다. 떡은 떡집에서 사고 케이크는 빵집에서 사면 되는 것이 아닌가. 그렇게 찾은 곳이 '아이북랜드'였다. 어린이 책을 빌려주는 전문 회사였다. 상담자가 가져온 프로그램을 보니 바로 내가 원하는 것이었다. 전문가들이 선정한 책 리스트도 좋았다. 국내 창작 동화만이 아니라 외국 동화, 나아가 수학 동화와 과학 동화도 있었다. 인성 교육에 좋은 인문학 도서도 있었다. 책의 구성이 독서 영양 밥상 같았다. 나이별, 학령별, 수준별, 분야별 책들이 골고루 갖추어져 있었다. 즉시 회원으로 등록했다. 매주 네 권씩 한 달에 열여섯 권이 집으로 배달되었다. 딸과 아들 것을 별도로 신청했다.

딸은 다양한 책에 빠져들었다. 초등학교에 입학한 후 딸은 아이북랜드에서 오는 책과 함께 학교 도서관에서 빌린 책들을 읽었다. 딸은 독서상을 받기 위해 독서 일기를 열심히 썼다. 독서상은 빌린 권수로 주는 게 아니라 독서 일기로 주는 상이었다. 고등학교 2학년 때까지 아이북랜드 프로그램을 활용했다. 딸은 매년 200권 이상의 책을 읽었으니 어린 시절부터 청소년

시기까지 3,000권을 넘게 읽은 셈이다. 나는 이것으로 딸의 독서 교육이 끝났다고 생각했다. 스스로 책을 읽는 습관을 만들어주었으니 말이다. 딸은 지금도 스트레스가 있으면 소설을 읽거나 피아노를 친다.

아들의 경우는 딸과 달랐다. 아들 교육에 신경을 쓰기 시작한 것은 아이가 초등학교 입학할 무렵부터였다. 그 전에는 외국과 부산에서 생활했다. 아내는 수십 년 동안 일찍 자고 일찍 일어나는 새벽형 인간이다. 저녁에 아들에게 책을 읽어주다가 먼저 잠드는 경우가 많았다. 아들은 초등학교 들어갈 때 겨우 한글을 읽었다. 독서보다 TV 시청을 즐겼다. 외할머니와 외할아버지와 함께 있으니 아이 때부터 책보다 영상이 더 친했다. 노인에게 최고 오락거리는 TV 시청이 아니던가. 게다가 부산 생활을 접고 집으로 온 나는 장인, 장모님에게 케이블 TV를 연결해주었다. 일본 방송을 보시게 하기 위해서였다. 두 분은 일본에서 살다가 해방되어 귀국하셨기에 일본어를 잘하셨다. 장인은 NHK에서 방송하는 일본 씨름 스모를 좋아하셨고, 장모님은 일본 소설을 즐겨 읽으셨다. 그런데 케이블 TV를 연결한 것이 나의 실책이었다. 24시간 방송을 틀어놓았으니 말이다.

자연히 아들도 외조부모와 함께 TV를 즐겨 보게 되었다. 아들은 역사를 좋아했다. 역사적 배경이 궁금할 때 책을 찾아 읽으면 좋으련만, 아들은 책보다 드라마를 더 사랑했다. 고려를 건국한 왕건 드라마를 보면서 역사적 사실보다 왕건 역을 했던 배우 최수종을 좋아했다.

아들의 독서 습관은 고등학교에 진학하면서 달라졌다. 나는 늘 아들에게 독서를 강조했다. 어느 날 아들이 나에게 말했다.

"아빠, 용돈을 올려주세요."

"왜?"

"읽고 싶은 책을 빌려 보려고요."

지금은 없어졌지만, 동네에서 영화 비디오나 CD, 만화책과 소설책을 빌려주는 가게가 많았다. 아들이 스스로 책을 읽겠다고 용돈을 더 달라니, 얼마나 기다렸던 말인가. 아들은 고교 시절 빌려 읽은 소설이 1,500권가량 된다고 말했다. 장르는 판타지 소설 한 가지였다. 판타지 소설이면 어떤가. 나도 중고교 시절 무협 소설을 많이 읽었다. 아들은 어린 시절부터 자유로운 영혼이었고, 고등학교 진학 후 즐거운 학창 생활을 했다. 대학 입시 준비를 할 필요가 없었기 때문이다. 중3 담임교사에게 들으니 아들 성적은 중간 정도로 지역 내 인문계 고등학교에는 간

신히 들어갈 수 있다고 했다. 집으로 돌아와 아들과 상의했다.

"너 대학 갈 거니? 공부가 재미없으면 대학에 안 가도 돼. 네학비는 엄마 아빠 노후 자금으로 쓰면 돼. 빨리 어른 되고 싶지? 고등학교 졸업하고 독립해."

아들은 며칠 고민하더니 말했다.

"저 대학을 갈 거예요."

"왜?"

"취직하려면 대학은 나와야 할 것 같아요."

"그렇다면 아빠가 안내하는 대로 할래?"

"네, 그럴게요."

아들은 내가 안내하는 대로 전문계 고등학교에 들어갔다. 그것도 우수한 성적으로 입학했다. 전문계 고등학교는 대개 중간 이하 성적인 학생들이 지원하는 경우가 많았기 때문이다.

아들은 행복한 고등학생이었다. 학원에 다니지도 않았고 대입 스트레스도 없었다. 좋아하는 판타지 소설을 읽으며 즐겁게 학교생활을 했다. 나는 아들에게 성적은 상위권을 유지해야 대학에 갈 수 있다고 말했다. 아들은 시험 기간에는 열심히 노력해서 상위권 성적을 유지했다. 고등학교 3학년 때는 반장 선거에도 나가도록 했다. 아들은 초등학교 시절부터 고교 때까지 반장이나 회장을 해본 적이 없었다. 다른 아이들에 비해 별로 두드러지지도 않으면서 중간 성적으로 스트레스 없이 즐겁게 학교생활을 보냈기 때문이다. 고교 마무리로 아들 반장 만들기를 기획했다.

"호진아, 졸업 전에 반장을 하면 어떨까?"

"아빠, 반장이 되면 담임선생님이 이것저것 시켜서 귀찮아요."

아들의 귀차니즘이 작동했다.

"아들, 고3 반장이 진짜 반장이야. 졸업 후에 친구들과 연락하고, 동창 모임을 할 때도 기억하는 친구는 마지막 학년의 반장뿐이야."

며칠간 공원에서 반장 유세 교육을 시켰다. 아빠가 강사 아닌가. 결국 아들은 고등학교 3학년 때 반장이 되었다. 졸업한지 한참 지났지만 지금도 고교 친구들이 아들에게 연락해온다. 아들은 부모에게 효도했다. 고교 3년간 부모에게 학원비 부담과 입시 스트레스도 주지 않았으니 말이다. 아들은 수시로 지방 대학의 경영학과에 입학했다. 전문계 출신으로 동일계 진학의 혜택을 받은 것이다.

대학에 들어갔을 때 아들에게 권했다.

"ROTC(학군단)를 하면 어떨까? 너는 제복이 잘 어울릴 거야."

아들은 인간관계 능력이 좋았다. 어려운 사람도, 힘든 사람도 없이 누구와도 쉽게 잘 어울린다. 학창 시절에도 친구들과 교우 관계가 좋았다. 공부를 잘하는 섬싱something인 친구들이나 공부를 못하는 나싱nothing인 친구들과도 허물없이 친하게 지냈다. 친구들과 싸우거나 다툰 적도 없었다. 아들에게 제복 입는 직업이 잘 어울릴 것 같았다. 제복 하면 또 군인이나 경찰 아닌가. 장교로 리더십을 키우면서 병역의 의무를 마치는 게 좋을 것 같았다.

하버드 대학교 교육심리학 교수 하워드 가드너의 '다중지능 이론'에 따르면 인간에게는 여덟 가지의 지능이 있다. '언어 지능, 논리·수학 지능, 시각·공간 지능, 음악 지능, 신체운동 지능, 대인관계 지능, 자기성찰 지능 및 자연친화 지능' 등이다. 아들은 어릴 적부터 대인관계 지능이 뛰어났다. 아들에게 스스로 결정하라고 했다. 며칠 후 아들이 그렇게 하겠다고 했다. ROTC를 지원하는 데도 시험이 있었다. 방학 중 공부해서 합격했다. 아들이 소위로 임관하는 날의 감격을 잊을 수 없다. 육군 소위 제복을 입은 아들이 멋있게 보였다. 30개월 단기 장교 생활을 생각하고 지원했던 것이다. 그런데 아들은 장교로 근무하면서 연장 신청하여 근무 기간을 6년으로 늘렸다. 또 대위가 된 후 장기 근무를 신청해서 직업 군인이 되었다. 물론 신청한 다고 다 되는 것이 아니었다. 경쟁자가 많았다. 요즘은 대학을 졸업해도 취직이 어려운 시절이라 직업 군인이 되는 것이 어렵 다고 한다. 아들은 그런 경쟁에서 살아남았다. 학창 시절에 받 지 못한 상을 군 생활을 하면서 여러 번 받았다. 군인 체질인 모 양이다. 아들이 이렇게 변할 줄이야. 게다가 요즘 젊은이들과 달리 결혼도 빨리 했다. 26세에 24세 학교 후배와 가정을 이룬 뒤 2년 만에 첫딸을 낳았다. 손녀딸 다희는 할아버지와 할머니 를 행복하게 해준다.

아이들을 키우면서 생활 교육도 내가 했다. 나의 지론은 엄 부자모嚴父慈母였다. 아버지는 엄하고 어머니는 자애로워야 한 다. 아이들이 성적이 안 좋은 것은 용서하지만 거짓말하거나 '싸가지' 없는 행동은 용서하지 않았다. 매를 아끼면 아이를 버 린다는 생각이었다.

하지만 아이들에게 매를 드는 것을 아내가 적극 반대했다. 운동선수 하면서 코치에게 많이 맞았다며 매를 싫어했다. 교육 철학은 다르지만 대통령(!)이 지시하는데 교육부 장관이 거부할 수 없었다. 다행히 아이들은 질풍노도 같은 사춘기 시절도 별문제 없이 지나갔다.

아들과 딸을 독서 토론과 글쓰기 교육에 참여시켰다. 아들이 대학 시절에 쓴 독후감을 읽어보았는데 그런대로 괜찮았다. 딸도 초등학교 때부터 고등학교 2학년 때까지 숭례문학당의 독서 토론과 글쓰기 프로그램에 참여시켰다.

딸은 스스로 알아서 하는 아이였다. 반장과 회장, 전교 회장도 부모 도움 없이 스스로 해나갔다. 아들은 입시 부담 없이 즐거운 고교 시절을 보냈지만, 딸은 고교 시절 성적 때문에 갈등했다. 큰고모처럼 초등학교 교사가 되고 싶어 했지만, 성적이 1등급에 들지 못했다. 대학 입시에서 교대 몇 군데를 지원했다가 모두 떨어지고, 모 대학의 상담심리학과에 들어갔다. 원하는 대학에 들어가지 못했지만, 딸은 즐거운 대학 생활을 보내고 있다. 입학 시 단과대 수석으로 들어가더니 1등을 놓치지 않으려고 노력한다. 학교의 영어신문 기자, 논문 동아리 회장도 하면서 자신의 미래를 준비하고 있다.

인생에는 최선의 길만 있는 게 아니라 차선, 차차선의 길도 있다. 어떤 길에서건 아이들이 주체적이고 독립적이며 자립적인 삶을 살기를 바란다. 나 역시 최선의 길을 걷지 못했지만, 누구보다 의욕적인 시니어로서 직업 생활을 영위하고 있지 않은가. 아내와 나의 아이들이 현재와 미래에도 삶에 대한 의욕을 놓지 않고 건강하게 삶을 영위하면 더 바랄 게 없겠다.

아빠, 오늘은
무슨 강의 해?

　　오랜만에 아들이 집에 왔다. 며느리와 손녀딸도 함께 왔다. 육군 장교 신분이라 근무하는 지역을 떠날 때는 휴가를 내야 한다. 휴가까지 내고 집에 온 것은 부모를 보러 온 것이 아니라 20년 넘게 다니는 단골 치과에 가기 위해서였다. 아들네를 맞이한 우리 부부는 대환영이었다. 아들과 며느리 때문이 아니라 '황금 손녀딸'을 볼 수 있어서였다. 아내는 매일 영상 통화로 손녀와 대화하고 행복해한다. 자식을 키울 때는 그렇게 예쁜 줄 몰랐는데 손주는 정말 예쁘고 사랑스럽다. 장인과 장모님이 어떤 마음으로 우리 아이들을 키워주셨는지 이제야 이해가 된다. 순간 궁금해졌다. 우리 아이들은 조부모가 된 우리를 보며 무슨 생각을 할까? 프리랜서로 일하는 나를 보면서는 어떤 생각을 할까? 마침 대학 4학년 마지막 학기를 보내는 딸까지 주말을 맞아 집에 왔기에 용기를 내서 물었다. 나는 너희에게 어떤 아버지이니? 또 어떤 사회인이니?

다행스럽게도 가장 먼저 나온 대답은 '아버지가 정년 없이 일하는 게 존경스럽다'였다. 아이들의 현실 판단은 정확했다. 이제 평생직장 시대는 끝났고, 100세 수명 시대에 한 가지 직업으로 살아갈 수 없다는 자각 말이다. 그런 면에서 프리랜서 강사로 일하는 60대 중반의 내 모습이 평생직업의 모델인 것 같다고 했다. 내가 평생직업의 모델씩이나? 내가? 괜히 어깨에 힘이 들어갔다.

아들의 현재 고민은 승진이다. 직업 군인이 되었지만 승진하지 못하면 30대 중반에 제대해야 한다. 어정쩡하고 애매한 나이다. 미래가 불안하다. 지금 목표는 소령 진급이다. 소령이 되면 20년 이상 근무를 할 수 있고, 최소 연금을 받을 수 있는 조건을 갖출 수 있다. 졸업을 앞둔 딸의 고민도 취업이다. 어떤 직종에서 어떤 일을 할 수 있을까? 전공은 상담심리와 사회복지다. 졸업 전에 취득할 수 있는 자격증을 준비하고 있다. 딸은 상담심리가 마음에 들어 그것과 관련된 자격증만 취득하려 했지만, 나는 사회복지사 자격증도 취득하라고 권했다. 미래는 알수 없으니, 준비할 수 있는 것은 모두 준비하라는 취지에서다. 딸은 내 의견을 받아들여서, 사회복지사 자격증을 위해 실습도하고 학점도 더 많이 신청했다. 상담심리 쪽에서 일하기 위해선 석사 이상의 자격이 필요하다. 우리 부부는 당연히 지지했다. 딸이 대학원까지 공부할 수 있도록 힘껏 지원할 생각이다. 아들과 딸은 나처럼 평생직업인이 되고 싶다고 했다. 어느 부모가 그런 뜻을 지지하지 않겠는가.

책을 읽고 글을 쓰는 모습도 아이들에게 좋은 이미지를 준것 같다. 나더러 그런 모습이 멋지다고, 지적인 향기가 나는 것같다고, 학자나 선비 같다는 것 아닌가. 기분이 한껏 좋아졌지만 체면을 차리느라 티 내지 않으려고 노력했다. 물론 독서와글쓰기는 어려서부터 내가 추구하던 바이기도 하고, 또 독서및 글쓰기를 내 강연 생활의 주요 주제로 삼은 만큼 직업적으로도 꾸준히 해야 하는 의무이기도 하다. 내게 이 두 가지 활동은 개인적으론 소양을 쌓게 해줄 뿐 아니라 경제 활동 수단이 되어주고, 또 아이들에게는 꽤 그럴듯한 이미지를 풍기고 있으니 정말 피가 되고 살이 된다는 건 독서와 글쓰기에 적용되는 관용구 아닐까.

아이들에게 '공부'란 독서를 의미했다. 거실 인테리어는 책으로 꾸몄다. 거실 벽은 맞춤 제작한 책꽂이가 배치되어 책으로 가득하다. 수천 권이 되는 것 같다. 내 서재에도 마찬가지다. 책꽂이 네 개에 책이 그득하고, 방바닥까지 책이 쌓여 있다. 아이들이 책을 좋아하게 된 이유도 바로 이런 환경 때문이 아니었을까. 나는 늘 아이들에게 독서를 강조했다. 부모가 된 아들에게 최고의 자녀 교육법은 독서 교육이라고 강조하고 있다. 덕분인지 아들은 우리 손녀에게 놀이처럼 책을 읽어주고 있다.

아이들은 내 질문에, '열정'이라는 단어를 꺼내기도 했다. 60이 넘은 내게서 아직도 열정이 느껴진다니 반갑기 그지없다. 실제로 아들은 군 입대 전에 한겨레교육문화센터에서 내가 강의하는 글쓰기 과정을 수강한 적이 있다. 당시 나는 수강생이 많거나 적거나 상관없이 같은 열정으로 강의를 했는데, 아들은 그때의 내 모습을 기억하고 있었다. 교육자로서의 열정과 진심이 아들에게 가닿은 듯해 기뻤다. 딸은 '줌 강연' 이야기를 꺼냈다. 딸은 지금 학교 상담센터에서 인턴을 하느라 4학년 마지막 학기를 학교에서 지내고 있는데, 작년부터 코로나 사태로 인해 학교 수업을 집에서 줌으로 듣게 되었다. 나도 마찬가지였다. 학교나 도서관으로 가지 않고 집에서 줌으로 강의한다. 내 강의하는 목소리가 방 밖까지 울려 퍼지는 모양인데, 딸은 종종 아직도 그렇게 열정이 넘치고, 자신감이 있느냐고 묻곤 한다. 물론이다. 녀석들은 모르겠지만, 인간은 꿈이 있고, 하고 싶은 일이 있으면 아무리 나이가 들어도 마음이 뜨거워지는 법이다.

아이들은 내 패션에 대한 언급도 빼놓지 않았다. 사람들 앞에 서는 직업이고 보니, 신경이 쓰인다. 외출할 땐 꼭 향수를 뿌린다. 그런 모습이 보기 좋은지, 딸은 언젠가 나더러 자기 관리가 철저하다, 보기 좋다고 했다. 물론, 제일 처음 빡빡머리로 나타났을 때 아이들은 어리둥절해했다.

"아빠, 왜 머리를 밀었어요? 안경도 쓰셨네요?"

도수 없는 패션 안경이란 걸 알았을 때는 더 황당해했다. 강사 생활이 이렇게 외적인 면에 신경을 많이 써야 하는 일이라는 걸 새삼스러워하기도 했다. 하지만, 아이들은 곧 납득했다.

평소 기타를 치며 노래를 부르고, 색상에 민감하게 반응하고, 제 엄마가 옷을 살 때 내 조언을 구한다는 사실을 떠올린 것이다. 딸의 말에 더 기분이 좋았다. 안경 쓰고, 청바지 입고, 노타이 재킷 차림으로 강의하러 가는 나를 보며 이렇게 말했다.

"아빠, 오늘은 무슨 강의 해? 오늘 꼭 댄디한 이탈리아 노신사 같아."

콧노래가 나왔다. 나는 비록 큰돈을 만지는 사람은 아니라도 강사라는 직업에 긍지와 자부심을 느낀다. 일상에도 활기가 넘친다. 좋아하는 일을 하는데 당연하지 않겠는가. 이런 마음 자세와 기운은 아이들에게 그대로 전달되는 것 같다. 강의하러 다니는 내 뒷모습이 즐거워 보인다니.

교육은 다른 사람들에게 좋은 영향력을 주는 일이다. 타인의 성장과 발전에 도움을 주는 게 바로 교육의 목표다. 이런 말이 있다. "교사는 있지만 스승은 없으며 학생은 있지만 제자가 없다." 교육마저 사고파는 식의 트레이드가 되는 것 같아 안타깝다. 성장에는 시간이 필요하듯 교육에도 일정한 기간이 필요하다. 젊어서부터 다양한 일을 해왔지만 그 일로 자리 잡지는 못했다. 그런데 중년 이후부터 교육 분야 강사로서 새로운 인생을 즐기고 있고, 아이들도 이런 내 현재를 충분히 인지하고 있었다.

생각해보면 강사로 일하면서 내적으로 많은 변화가 있었다. 그건 딸의 말에서도 확인할 수 있었다. 젊은 시절의 아버지는 권위적이고 무서웠는데 지금은 아주 부드러워졌다는 거다. 정작 호되게 혼난 건 아들이지만, 아마 아들도 알고 있지 않을까? 젊은 시절엔 자식과 부모는 격위가 다르다고 생각했다. 아버지가 자녀와 친구처럼 지낸다는 말에 공감하지 못했다. 그런 내가 달라졌다. 책을 읽고 다른 사람들과 토론하면서 나 자신을 돌아보았고 내 생각이 잘못되었다는 것을 깨달았다. 자식 앞에서 권위를 앞세우는 것은 꼰대나 할 짓이다.

이제 자녀와 친구처럼 지낼 수 있다. 어린 시절부터 아이들과 함께 대화하며 키웠기에 그나마 다행이라 생각한다. 부모의 생각이 항상 옳거나 좋은 것은 아니다. 부모가 자식들을 바라보는 눈은 항상 어린 시절에 머무는 것 같다. 그러다 보니 자녀를 어리게 생각한다. 아이들은 성장하며 어른이 되어 자기 인생을 살아간다.

아들딸이 생각하는 부모의 모습은 어떨까? 노년에도 직업에 대한 열의를 놓지 않는 내가 어떻게 보이느냐는 물음에 아이들은 모두 좋은 말을 해주었지만, 왜 좋기만 하겠는가. 나로 인해 아이들이 느끼고 겪는 애로 역시 있을 것이다. 그래서다. 내가 꿈꾸는 내 모습은 "존경받는 아버지, 사랑받는 남편, 누구나 좋아하는 윤 강사"다. 이 꿈은 평생의 과제다.

형제들의
영정 사진

작은형이 먼 길을 떠났다. 다시 만날 기약도 없이, 이렇다 할 마지막 인사도 없이 그렇게 떠났다. 형의 시선이 허공을 향하는 순간, 그 초점 없는 눈에서 나는 인간이 최후에 직면할 수밖에 없는 외로움을 느꼈다. 형의 나이 60세, 환갑상도 받지 못한 채였다.

인생 중반에 밀어닥친 삶의 파고를 넘지 못하고 쓰러졌을 때 형이 했던 말이 아직도 귓전을 맴돈다.

"아무래도 세상을 포기해야 할 것 같다."

사업이 부도난 뒤 전화를 걸어와 했던 말이다. 나와 누나에게 경제적 피해를 준 데에 대한 미안함이 담긴 말이란 걸 알았다. 누나를 찾아가 말했다. 형이 큰병에 걸려 우리가 치료비를 지불했다고 생각하자고.

야심차게 시작한 사업이 부도난 뒤 부정수표단속법 위반으로 경찰서에 잡혀갔을 때 면회를 갔던 기억이 선명하다. 형은 그때 "이젠 마음이 편하다. 더 이상 면회 오지 마라"라고 했다. 뒤돌아 들어가는 형의 어깨에 걸린 삶의 무게가 고스란히 전해졌다. 형수와 사춘기 조카들을 떠나 오랫동안 객지 생활을 하면서 인생 역전을 꿈꾸었던 형. 이 땅에서 사업을 한다는 게 얼마나 고단한 일인지, 세상은 그리 만만하지 않았다.

재기를 꿈꾸며 열심히 일하던 중 애석하게도 담당암이 발견되었다. 강남 세브란스 병원에서 수술하기 전날, 형은 자기 가족이 아닌 나를 불러 수술 동의서에 서명을 하라고 했다. 나는 아들이랑 부인 놔두고 동생에게 수술 보증인을 시키냐고 불평을 했지만 왜 모르겠는가. 지난 사업 실패 후 가족과 함께하지 못한 미안함에 그들을 부르지 않았다는 걸. 면회 온 형수와 조카들에게 빨리 돌아가라고 말하는 형의 모습에서 마지막 자존심이 느껴져 나는 어쩐지 더욱 큰 슬픔에 빠졌다. 생각해보면 작은형은 형제들에게 신세를 많이 진 편이었지만, 또 형제가 아니면 누구에게 도움을 청할 수 있을까.

우리 형제에겐 어린 시절의 추억이 하나 있다. 내가 초등학교 3학년, 형이 6학년 때였다. 학교를 땡땡이치고 형이랑 영화 보고, 만화 보고, 간식을 사 먹고 즐겁게 놀았다. 밤늦게 집으로 돌아와 엄마가 무서워 화장실에 숨어 있었다. 결국 들켜서 엄마에게 혼났지만 지금도 그 기억이 생생하다. 그날 쓴 돈을 형이 어떻게 준비했는지 나는 모른다. 나에겐 참 즐거운 하루였다.

어린 시절 이후로도 우린 제법 잘 맞는 형제였다. 수산대학 기관학과 졸업 후, 참치선 엔지니어로 3년간 일하며 모은 돈을 작은형에게 주었다. 스페인으로 떠났다가 귀국해 다시 공부를 시작했을 때는 형이 내 뒤를 봐주었다. 형제 중 한 사람이 성공한다면 집안을 일으킬 수 있다며 서로를 격려했다.

늘 뭔가를 이루고자 유학에, 입퇴사 등을 반복하는 나를 보며, 꿈이 있는 내가 부럽다고 말했던 형. 그런 형의 영정 사진을 내가 만들었다. 형만 따로 찍은 사진이 없어서 가족사진에서 형만 떼어내 편집한 것이다. 영정 사진으로 쓸 만한 사진 한 장

없이 떠난 작은형의 삶이 더욱 서글프게 다가왔다.

몇 년이 지나고 여동생이 홀연히 세상을 떠났다. 너무 급작스러운 죽음이었다. 믿을 수 없었다. 동생의 죽음은 우리 형제에게 청천벽력이었다. 암과 같은 몹쓸 병이 있었던 것도 아니고 다른 지병도 없었다. 갑작스러운 억울한 죽음이었다. 동생은 새벽에 일하러 가던 중 횡단보도에서 신호를 기다리고 있다가 갑자기 인도를 덮친 트럭에 목숨을 잃었다. 트럭은 신호를 무시하고 길을 건너는 노인을 피하려는 앞차를 피하려다가 애꿎은 사람의 생명을 빼앗았다.

동생은 아직 살아갈 날이 창창한 50대 후반이었다. IMF로 남편 사업이 망한 후 학교 앞에 조그만 식당을 열어 고군분투했다. 규모를 키워가며 노력했지만 부채를 갚으며 식당을 운영하기에는 역부족이었다. 결국 천안으로 내려가 남의 식당으로 일을 하러 다녔다. 매일 식당 두세 군데에서 일하며 빚을 갚아나갔다. 매제도 마찬가지였다. 택시 기사, 배달, 야간 작업 등 닥치는 대로 일했다. 동생은 그날 새벽에도 식당으로 일하러 가는 중이었다. 매제는 "택시를 타고 가라고 했는데"라면서 울먹였다.

동생은 나만 보면 미안해했다. 도움받은 것을 잊지 못해서다. 큰형님 아들 결혼식에 올라온 동생은 이제 조금 숨을 돌릴 수 있게 되었다고 했다. 큰아들이 소방공무원에 합격했다고 자랑도 했다. 이젠 막내아들만 자리 잡으면 된다고 했다.

여동생은 3남 2녀 중 막내다. 내가 여섯 살 차이 나는 바로 손위 오빠다. 동생이 어릴 적에 내가 많이 업어주었다. 동생은 책을 좋아하고 글도 잘 썼다. 나와 감성적으로 잘 통하고 비슷한 점이 많았다.

작은형이 세상을 떠났을 때보다 더욱 슬펐다. 동생은 이별의 인사도 없이 갑작스럽게 우리 곁을 떠났다. 나와 누나는 동생의 입관식에 참여하지 못했다. 차마 동생 얼굴을 볼 자신이 없었다.

장례식장에서 화장장으로 가는 길에 동생이 담긴 관을 운구하면서 생각했다. 이렇게 가벼운 몸으로 이토록 무거운 삶의 무게를 감내하며 살아왔다니. 내내 억눌렀던 감정이 차올랐다. 관이 화장장 화구에 들어가는 순간, 참았던 눈물이 쏟아졌다.

동생은 한 줌의 재가 되었다. 육체가 연기로 사라지고 재가 되는 데 시간이 걸렸다. 아직 젊은 사람이어서였을까. 생에 대한 미련 때문이었을까. 나중에 화구에 들어간 이보다 시간이 더 오래 걸렸다. 억울함이 소멸되는 데 그 누구보다 더 많은 시간이 든다는 생각이 들었다. 여동생은 한 줌의 재로 변하여, 추모공원 봉안실에 안치되었다. 차가운 새벽 땅바닥에서 세상을 떠났지만 봉안실은 덥지도 춥지도 않고 쾌적한 곳이라 그나마 다행이었다. 매제와 동생 아들의 마지막 인사에 참여한 사람들이 눈물을 흘렸다.

"평생 부족한 남편 곁에서 고생한 당신, 영원히 당신을 잊지 않겠습니다. 감사합니다."

"엄마, 막내야. 많은 사람이 엄마를 위해 눈물 흘리는 것을 보니 엄마는 잘 살았나 봐. 엄마, 고마워. 늘 내 걱정 많았지? 너무 걱정 마. 아빠랑, 형이랑 잘 살아갈게."

우리는 우연히 한 형제가 되었지만 그 어느 인연보다 단단한 끈으로 이어져 있었다. 잘 지내느냐고, 몸은 고되도 마음은 편히 잘 지내고 있노라는, 그렇게 건강히 살아 있다는 소식을 전해주는 것만으로 고마웠던 동생의 목소리가 귀에 쟁쟁하다. 지금이라도 그 안부 전화에 좀 더 따뜻하게 대답해주고 싶은데, 이제 동생은 가고 없다.

장례를 마치고 귀가하던 길에 아내에게 동생 이야기를 들었다. 동생의 영정 사진이 여권 사진었다는 것이다. 그나마 그 사진이 제일 잘 나온 것이라 그걸 영정 사진 삼았는데, 평생 열심히 살다가 난생처음 해외여행을 계획하며 찍었던 여권 사진이 영정 사진이 될 줄 누가 알았겠는가.

이제, 다섯 형제 중 셋이 남았다. 내가 66세, 누나가 71세, 큰형이 74세다. 요즘은 누군가의 경사慶事보다는 애사哀事 소식을 더 많이 듣게 된다. 작은형의 영정 사진을 찾으러 사진관에 가던 길에 한 플래카드에서 보았던 도종환 시인의 「다시 오는 봄」이 새삼스럽게 다가온다. 햇빛이 너무 밝아도, 살아 있다고 느껴도 눈물이 난다는 그 시의 내용처럼, 당신은 가고 그리움만 남아서가 아니라 그냥 이렇게 살아 있다는 생각만으로도 눈물이 난다는 시인의 말처럼 앞으로 웃을 일보다 눈물 지을 날이 더 많이 남은 생 아니겠는가.

다만 이런 처지일지라도 산 사람은 살아가야 한다. 운동을 하고 강의를 다니면서 노후를 준비하고 자식들의 앞날이 밝기를 기원한다. 이렇게 노년의 직업에 대한 의미를 글로 풀어내기도 한다. 다행인 것은 책을 읽고, 토론하고, 강의하고, 글을 쓰면서 형과 동생의 죽음을 다시 애도하고 기록할 수 있다는 점이다. 아무 일 없는 것처럼 살아가지만, 나는 그들을 가슴속에 소중하게 간직하고 추모할 것이다. 살아 있는 동안 내내 마음과 생각과 글로써 계속 그리워할 것이다.

길 위의
지식 보부상

6년 전의 일이다. 도봉문화정보도서관 저녁 글쓰기 강의를
할 때였다. 강의 시간에 늦은 것이다. 지금 생각해도 아찔하다.
강사는 강의에 늦어서는 절대로 안 된다. 이것은 강사가 지켜
야 할 원칙이다. 항상 교육장에 한 시간 전에 도착하는 것을 기
준으로 삼는다. 하지만 때때로 삶은 우리의 결심과 계획을 꺾
어놓지 않던가. 특히 운전하며 교육장에 가는 길에 교통사고가
발생하면 대책이 없다. 막힌 도로 때문에 어떻게 할 수가 없다.
거주지인 군포에서 출발하여 수도권 순환고속도로를 운전하
면서 가는 도중이었다. 길이 막혀 차가 전혀 움직이지 않았다.

강의 시간은 다가오는데 점점 초조해지고 속이 부글부글 끓어올랐다. 내가 할 수 있는 일이 전혀 없었다. 한 시간 이상 도로에 서 있었다. 결국 강의 시작 20분 전에 담당자에게 전화해서 "앞차의 교통사고로 늦겠다"고 양해를 구했다. 30분을 늦었다. 다음 강의에 늦은 시간을 보충했지만, 결코 기억하고 싶지 않은 사건이다. 특히 서울 시내 도서관에서 강의할 때는 직장인 출퇴근 시간도 고려한다. 도심을 통과하는 것보다 통행료를 지불하고 먼 길을 돌아가더라도 덜 밀리는 길을 선택하기도 한다. 그런 이유로 수도권 순환고속도로를 자주 이용하는데 그날 그런 사달이 난 것이다.

강사가 겪는 소소한 어려움 중에 이동 문제, 특히 교통 문제가 가장 크다. 강사는 전국 오일장을 찾는 장돌뱅이와 같다. 장이 열리는 곳의 시간을 맞추어야 한다. 강의장까지 최소 한두 시간을 운전해야 한다. 강의는 보통 두 시간 동안 진행되는데 이동에 소요되는 시간은 최소 네 시간 이상이다. 대개 강의처는 먼 곳에 있는 도서관이나 학교, 교육청이기 때문이다. 나는 15년 된 중고차를 자가운전 하는 강사다. 만일 이런 이동 수단이 없으면 대중교통을 이용해야 한다. 교육장까지 직접 갈 수 있는 대중교통은 없다. 보통 두세 번씩 갈아타면서 갔다가 강의를 마치고 같은 경로로 되돌아와야 한다. 가끔 나를 이렇게 소개하곤 한다.

"안녕하세요? 저는 장거리 전문 교육 강사 윤석윤입니다."

농담이지만 사실이기도 하다. 자가운전자이기에 먼 거리 교육에 강점이 있다. 자기 차가 없다면 먼 곳의 강의를 하기가 어렵고 힘들다. 한 후배 강사에게 이렇게 말한 적이 있다.

"강사로서 갖추어야 할 무기 중 하나가 운전이에요. 면허증부터 따세요. 100만 원짜리라도 중고차를 준비하세요."

강사는 언제나 길을 떠도는 지식 보부상이다. 교육 요청을 받으면 어디든 달려가야 한다. 수도권은 대부분 직접 운전하여 찾아간다. 서울 시내에서 강의할 때는 전철이 나을 때도 있다. 운전하며 강의장으로 가는 강사에게 도로 사정과 교통 상황이 어떨지는 누구도 알 수가 없다. 일찍 출발한다고 해도 가는 길에서 생기는 변수, 즉 교통 혼잡이나 사고 등을 운전자가 알 수 없기 때문이다.

다행히 이제는 IT 기술이 발전해 이런 문제도 어느 정도 감당할 수 있게 되었다. 내비게이션 덕분이다. 내비게이션은 길을 찾아가는 데 아주 편리한 도구다. 본디 군사용으로 쓰이던 것을 민간에서도 이렇게 편리하게 이용하게 된 것이다. 과거에는 운전하기 전에 지도책을 펴놓고 가는 길을 먼저 찾아보았다. 어떤 길로 가야 하는지 대략이라도 살펴야 했다. 차에는 항상 지도책이 있었고, 지방에 갈 때는 그곳의 지도를 미리 준비했다. 차에 내비게이션이 설치되면서 지도책이 사라졌다. 처음 찾아가는 곳이라도 걱정할 필요가 없어졌다. 다정한 길벗 '내비'가 항상 친절히 안내해주기 때문이다. 더욱이 요즘엔 핸드폰 내비게이션도 대단히 유용하다. 차량의 것은 수시로 업그레이드를 해주어야 하지만 핸드폰 내비게이션은 실시간으로 자동 업그레이드된다. 도로 교통 상황도 색깔로 보여주어서 도착 시간을 어느 정도 가늠할 수 있게 되었다. 이렇게 편리한 세상이 된 덕분에 나처럼 길 위에서 많은 시간을 보내는 보부상의 활동 범위도 넓어졌다.

"핸드폰 내비게이션은 정말 좋은 것이여!"

서울 이외 지역에서 강의할 때는 자가운전으로 간다. 경기도 이천의 시골 중학교, 여주도서관, 충남 아산시립도서관에 갈 때는 그렇게 했다. 거리상 한계는 그 정도까지다. 강의하러 갈 때 운전하는 시간은 편도 한 시간에서 한 시간 반 정도까지가 한계인 것 같다. 편도 두 시간 이상 걸리는 지방 강의는 직접 운전하고 가는 것이 힘들다. 장시간 운전의 피곤함이 크다. 고속도로 이용료나 자동차 연료 충전 비용도 만만치 않다. 그럴 때는 기차나 고속버스 등 대중교통을 이용한다. 서울에서 활동하는 강사를 지방 교육 기관이 부르는 데도 부담이 있다고 한다. 교통비를 실비로 제공해야 하는데, 이런 비용이 강의료의 절반을 넘어서기도 한다. 강의를 주최하는 기관이나 초청되는 강사나 교통과 관련해서 이런 점들을 두루 생각하게 된다. 어느 노동 현장이든 이처럼 고려해야 할 사소한 점이 많은 법이다.

운전할 때 최악의 적은 졸음이다. 두 시간 동안 서서 열정적으로 강의를 하고 나면 지친다. 입으로 기氣가 빠져나갔기 때문이다. 강의를 마치고 돌아올 때쯤 졸음이 찾아온다. 게다가 식사까지 하고 운전할 때는 피곤함에 식곤증까지 더해진다. 운전하면서 라디오에서 흘러나오는 노래를 듣거나, 껌을 씹으며 창문을 열고 환기한다. 그럼에도 졸린다. 혀를 깨물고 허벅지를 꼬집지만 소용이 없다. 깜박 졸다 깨어나 깜짝 놀라기도 한다. 순간적으로 등골이 오싹해지고 식은땀이 흐른다. 정말 견디기 힘들 때는 휴게소나 휴식처에 주차하고 잠깐 눈을 붙이기도 한다. 그래서 체력 관리가 중요하다. 피곤이 쌓이면 결국 건강에 문제가 생긴다. 한 선배는 너무 무리하는 바람에 구안와사口眼喎斜가 찾아왔다. 이것은 입과 눈 주변 근육이 마비되어 한쪽으로 비뚤어지는 질환이다. 한의원에 다니면서 치료했다. 무리하면 몸이 위험 신호를 보낸다. 그것을 놓쳐서는 안 된다. 강사에게는 체력이 실력이다. 체력이 안 된다면 강의를 포기해야 한다. 작년에 아내에게 졸음운전을 고백했다. 아내는 나이가 들면서 체력이 떨어져서 그렇다며 한의원에서 보약 한 제를 지어주었다. 내심 올해도 보약을 지어주려나 싶지만, 사실 체력 유지에 가장 중요한 것은 '밥'이다. 나이 들수록 '밥심'으로 산다.

나는 '삼식이' 과다. 하루 삼시 세 끼를 꼭 챙겨 먹는다. 여성들의 농담 중에 이런 것이 있다. 집에서 하루 한 끼만 먹는 남편은 '일식님', 두 끼를 먹으면 '두식이', 세 끼를 다 먹으면 '삼식이놈'이다. 일식님은 일이 바빠서 밖에서 두 끼를 해결한다. 두식이는 집에서 두 끼를 먹는다. 이들은 주부에게 밥상 차리는 부담을 덜어주는 남편이다. 삼식이놈은 백수나 은퇴자의 경우에 많다. 게다가 "밥상 차려라, 물 가져와라" 큰소리까지 치면 밉상 남편으로 전락한다. 아마도 시니어 세대에 속하는 보수적 남편을 풍자한 표현일 것이다. 나도 강의하러 다닐 때는 밖에서 한 끼나 두 끼 식사를 해결한다. 문제는 식당 선택이다. 인터넷에 소개된 맛집을 찾아갔는데 아닐 경우도 있다. 이런 실패를 줄이기 위해 한때 중국집에서 짜장면을 먹기도 했지만 나이가 들어 일을 하다 보니 맛있는 밥을 먹고 기운을 내고 싶단 생각이 많이 든다. 강의 때문에 시간이 부족할 때는 어쩔 수 없이 운전하면서 김밥으로 때우기도 한다. 절대 굶지 않겠다는 철칙을 지키려고 한다. 배가 든든해야 강의도 잘할 수 있다. 혼밥족이 돼서라도, 길 위에서라도 열심히 먹고 열심히 일하고 열심히 기운차게 살아보려고 한다.

오늘도 달리고 달리는
윤 강사

강사가 가장 신경 쓰는 것은 수강생의 반응이다. 팬들의 관심과 사랑을 먹고 사는 연예인처럼 강사도 수강생의 반응을 먹고 산다. 그래서 이런 말이 있다. "명강사는 명청중이 만든다." 기업 강의 경우는 약간 다르다. 우선 교육 담당자의 마음에 들어야 한다. 초청 기업의 모토, 사업 비전에 강의 초점을 맞춰야 한다. 동기 부여와 자기 계발 강의가 많다. 기업의 직원 교육은 수강하는 직원들의 반응도 중요하지만 교육 담당자의 평가가 더 중요하다. '이 강사는 우리가 원하는 방향으로 강의를 잘하는구나. 수강자들의 반응도 괜찮으니 다음에도 강의를 요청해야겠다'라는 생각이 들어야 한다. 강의 후 교육 담당자로부터 "오늘 강의 좋았습니다. 다음에도 부탁드립니다"라는 인사를 받았다면 강의 결과가 좋은 것이다.

도서관이나 학교, 교육청의 강의는 수강자들의 반응이 절대적이다. 도서관의 경우에는 프로그램을 기획하는 사서로부터, 교육청의 경우는 교육 담당자나 장학사로부터 연락이 온다. 이들은 강의 주제와 방향을 정하고 교육을 요청한다. 독서 동아리 리더 양성을 위한 교육이거나 글쓰기나 서평 쓰기 강좌 등으로 특정해서 요청한다. 교육이 끝난 후 수강자들의 반응과 평가가 중요하다. 반응이 좋으면 다시 강의 요청을 받을 수 있다. 담당자들은 공무원이라 일정 기간이 지나면 다른 곳으로 인사이동을 한다. 만일 강사 평가가 좋다면 이동한 곳에서 다시 초빙한다. 나아가 동료들에게 소개까지 한다. 좋은 강사란 최선의 노력보다는 최선의 결과를 만들어내는 사람이다.

도서관 강의에서 좋은 경험을 한 적이 있다. 서울 국립중앙도서관에서 공공 도서관 사서들의 서평 교육에 참여했다. 얼마 후 전화가 왔다.

"안녕하세요? 여기 평택안중도서관 사서입니다. 제가 국립중앙도서관 서평 과정에서 강사님 강의를 들었는데요, 저의 도서관에서 독서 토론 리더 과정을 진행해주셨으면 좋겠어요."

그렇게 그 사서와 인연이 시작됐다. 매 차시 강의를 마치고 점심 식사를 함께하며 대화를 나누었다. 남편이 회사의 외국 지사로 파견되면서 몇 년간 휴직을 하고 따라갔다가 돌아와 다시 근무 중이라고 했다. 시민들을 위한 새로운 프로그램을 기획하려고 궁금한 것들을 나에게 물었다. 아이디어를 얻기 위함이었다. 다음 해두 다시 강의 요청이 왔다. 이 인연은 경기도 평택의 청북도서관으로 이어졌다. 그곳 사서로부터 강의 요청이 왔다. 평택안중도서관의 사서에게 소개받았다고 했다. 이것은 다시 천안시 공공 도서관 사서 교육으로 연결되었고, 그 교육에 참여했던 천안 쌍용도서관의 팀장으로부터 나중에 강의 요청을 받았다. 천안 쌍용도서관에서 2년 동안 독서 프로그램과 글쓰기 과정을 진행했다. 청북도서관 프로그램의 수강자로 참여한 선문대학교 직원의 소개로 아산 선문대학교 대학생 독서 프로그램을 진행하기도 했다. 마치 칭찬 릴레이를 하듯 강의 요청이 이어졌다. 내 강의가 선순환되고 있다는 증거였다.

강사는 강연가라고 생각한다. 조선시대에 존재했던 강담사

講談師나 전기수傳奇叟와 비슷하다. 강담사란 직업적인 이야기꾼을 말하고 전기수는 소설을 전문적으로 읽어주던 낭독가였다. 이들은 재미있는 이야기를 전하거나 소설을 읽어주는 것으로 돈을 벌었다. 강사가 바로 그런 사람이 아닌가. 강사는 학자가 아니고 강의로 먹고사는 사람이다. 강의 성수기에는 하루에 한두 번, 때로는 세 번까지 강의한 적도 있다. 세 번 강의한 사례는 서울 강서에서 오전 강의, 광진에서 오후 강의, 경기도 이천에서 저녁 강의를 한 경우다. 강의 성수기는 4, 5, 6월 즈음과 9, 10, 11월 즈음이다. 하지만 강의는 하루에 한 번 정도가 좋다. 체력적으로도 덜 힘들고 이동에도 문제가 없다. 게다가 강의 후에 수강생들과 함께 식사하고 차를 마시며 후일담도 나눌 수 있다. 강의장에서 못다 한 질의응답 시간이 되기도 한다. 그렇지만 인생은 그런 여유로운 삶을 항상 허락하지 않는 것 같다.

대부분의 수강자는 긍정적이고 수용적이다. 공부하러 왔으니 강의에 집중하며 경청한다. 특히 여성들이 그렇다. 하지만 긍정적이고 수용적인 사람만 있는 것은 아니다. 자기 생각과 다르면 반발하는 사람도 있다. 서울문화재단에서 '한 도서관 한 책 읽기' 프로그램의 일환으로 성인 대상 독서 토론을 진행할 때였다. 도서는 청소년 소설이었다. 한 참여자가 따지듯이 물었다.

"아니 성인 독서 토론에 청소년 소설이 웬일입니까? 도대체 누가 이 책을 정한 겁니까?"

20년 이상 인문학 독서 모임을 했던 참여자라 청소년 소설이 마음에 들지 않았던 모양이다.

"네, 도서관에서 도서를 선정했어요. 저희는 정해진 책으로 진행힐 뿐이에요."

오해를 풀고 독서 토론을 시작했다. 이 경우는 그래도 그렇게 난처한 상황은 아니었다. 인천광역시 노인인력개발센터에서 노인들을 대상으로 강의하러 갔을 때 있었던 사례는 강사 입장에서 훨씬 난처한 상황이었다. 조금 일찍 도착했기에 강의장에 들어가 앞 강사의 강의를 청강했다. 강의 자료를 보니 박사 학위를 가진 여성 강사였다. 갑자기 한 노인이 자리에서 벌떡 일어나며 외쳤다.

"재미도 없는 얘기 그만합시다. 지루해서 못 듣겠네!"

갑자기 분위기가 싸늘하게 변했다. 아무리 노인이라고 해도 정말 무례했다.

나도 비슷한 경험을 했다. 운전사들을 위한 강의였다. 강의장은 교육을 받으러 온 수백 명의 영업용 차량 운전사들로 가득했다. 강의가 거의 마무리로 향하고 있을 때였다. 한 수강자가 큰소리로 말했다.

"배도 고프니 적당히 끝냅시다!"

마침 강의 끝나는 시간이 점심때이기도 했으나 한 사람이 이런 반응을 보이자 여기저기서 동조하는 사람이 가세했다.

"그럽시다. 그만 끝냅시다."

당황한 나머지 얼굴이 붉어지며 등에서 식은땀이 났다.

'이런 무례한 경우를 보았나.'

순간 속으로 이런 생각이 들며 기분이 언짢았다. 그렇다고 해도 강사는 품위를 잃으면 안 된다. 강의는 다행히 잘 마무리되었다. 내 강의에 모든 수강자가 만족할 수는 없지 않은가. 이들은 자발적으로 교육을 받으러 온 사람들이 아니었다. 법정교육이기에 어쩔 수 없이 참석했다. 억지로 왔으니 교육이 재미없을지도 모른다. 강의 중에 전화를 받고 통화하는 경우도 있었다. 이렇게 생각하려고 노력했다. '아마, 단골에게서 업무용 전화가 온 모양이다. 비즈니스 퍼스트 아닌가.' 프로 강사라면 수강생의 태도만 탓할 수 없다. 강의 결과는 모두 강사의 책임이다. 끝까지 그들의 관심을 강의로 집중시키지 못한 강사의 탓이라 여기고 더 노력할 수밖에 없다.

수강자의 좋은 반응은 강사를 춤추게 만든다. 김포 중봉도서관의 독서 토론 프로그램을 마쳤을 때다. 강의를 마친 후 2주가 지났을 때 담당 사서에게서 심화 과정을 진행해달라는 연락이 왔다. 이렇게 빨리 강의 반응이 오다니! 내 강의가 그렇게 좋았나? 대개 기업이나 도서관, 교육청 등 강의를 하면 프로그램이 끝날 때마다 수강자들에게 강의 평가서를 받는다. 그 평가서에는 강사와 교육장 환경에 대한 평가와 더불어 추가적인 강의 요청 사항을 기록하도록 되어 있다. 평가서는 담당자와 팀장이 읽을 것이다. 강사의 강의와 수강자의 반응을 확인하는데 요긴할 테고, 강사를 다시 부르는 근거 자료가 되기도 한다. 하지만 내부적인 평가 서류로서의 한계를 지닌다. 어떻게 하면 도서관 프로그램이 이용자나 시민에게 홍보 효과를 낼 수 있을까? 그것을 알게 한 사례가 '강좌 후기'다. 다시 강의를 할 수 있었던 것은 한 수강생이 김포시평생학습관 홈페이지 게시판에 올린 후기 덕분이었다. 대개 강좌를 마치면서 수강생에게 소감을 물으면 더 공부하고 싶다는 생각을 말하곤 한다. 강사인 내게 요청하는 경우도 있다. 그런 요청은 그곳 담당자와 책임자가 들어야 할 사항이다. 그래서 안내하곤 한다. 평가서에 '추가 강의'을 요청하거나, 홈페이지 게시판에 '수강 후기'를 올리는 게 좋다. 그러면서 덧붙인다.

"담당자와 책임자를 꼭 칭찬하세요. 그분들의 기획 덕분에 이렇게 좋은 프로그램에 참여할 수 있게 되었으니까요."

그렇게 해서 좋은 결과를 본 적이 여러 번이다. 프로그램 홍보가 자연스럽게 이루어졌고, 담당자와 책임자를 칭찬까지 했으니 말하면 무엇 하리. 칭찬은 고래도 춤추게 하는 것 아닌가. 도서관이나 평생학습관의 주인은 그곳을 이용하는 시민이다.

강사는 정보와 지식을 전달하는 메신저다. 자기가 생산한 지식은 아니지만 그것을 바탕으로 만든 자료로 강의한다. 세계적인 강사 브라이언 트레이시는 강사란 '인포테이너'라고 말했다. 인포메이션information과 엔터테이너entertainer의 합성어다. 필요한 정보를 청중에게 전달하는 사람이어야 한다는 뜻이다. 나는 강사란 '에듀테이너'라고 생각한다. 교육education과 엔터테이너를 합성했다. 배우처럼 재미있게 교육하는 사람이라는 의미다. 강사가 연극배우 같다는 생각을 한 적도 있다. 나는 수강자와 대화하듯 주고받는 강의를 좋아한다. 강사가 먼저 강의를 즐길 때 좋은 강의가 나온다. 내가 즐길 수 없는데 어떻게 다른 사람을 즐겁게 만들 수 있을까. 항상 수강자로부터 박수를 받고 좋은 강의였다는 말을 듣는 것은 아니다. 그럼에도 최선을 다하려고 노력한다. "달려라, 달려라, 달려라 하니, 이 세상 끝까지 달려라 하니!" TV 만화 〈달려라 하니〉 주제곡의 가사처럼 오늘도 달리고, 내일도 달리는 나는 강사다.

시니어 프리랜서의
라이벌

강사 생활을 하면서 라이벌은 없냐는 질문을 받은 적이 있다. 강연 시장도 치열하다 보니 나온 질문이리라 짐작한다. 나는 그때 "내 라이벌은 나 자신"이라고 답했다. 박세리 선수와 함께 여성 프로 골프 전성시대를 열었던 '땅콩' 김미현 프로의 말에서 가져왔다. 아마도 김 프로에게 그런 질문을 한 기자는 당시 함께 활동하던 박세리 선수나 박지은 선수를 생각하며 질문했으리라. 하지만 그녀의 대답은 달랐다. "라이벌은 자기 자신"이라고 답한 것이다. 작은 키로 장타를 치지 못해 두세 번째 샷을 아이언으로 하지 못하고 우드를 많이 사용했던 선수다. 그럼에도 국내와 국제무대에서 여러 번 우승했다. 자기 약점을 스스로 극복했다. 나도 비슷하다. 50대 중년에 어쩔 수 없이 내몰리듯 시작한 강사 생활이었다. 마치 정규직을 할 수 없어 비정규직 알바를 시작한 것과 같았다. 그러다 보니 다른 강사들이 나의 라이벌이라는 건 생각조차 할 수 없었다. 오히려 그들은 나의 멘토에 가까웠다. 새로운 영역에 도전하는 강사라면 먼저 그 일을 하는 사람들에게서 배우는 자세를 가져야 하지 않을까. 나이와 과거 경력에 상관없이 말이다. 책으로 배울 수 있는 것은 일부에 불과하다. 현장 경험이 훨씬 더 실용적이다. 라이벌에 대한 생각은 여전히 유효하다. 배우는 자세가 더 중요하다.

회사를 그만두고 프리랜서 강사 생활을 한 지 십수 년이 되었다. 시작할 때 지인의 도움을 받았다. 정말 큰 도움이었다. 소개로 인천 여성복지관에서 '경단녀', 즉 경력 단절 여성을 대상으로 특강을 했다. 다행히 수강자 반응이 좋아 다음 강의로 이어졌다. 그 강의는 다른 기관으로 연결되는 계기를 마련했다. 인천광역시 노인인력개발센터에서 주최한 노인 대상 강의였다. 여기서도 몇 년간 강의를 지속했다. 풍선을 부는 것처럼 조금씩 강의가 늘어나기 시작했다. 자신감도 덩달아 커졌다. 한 곳에서 다른 곳으로, 한 소개가 또 다른 소개로 이어졌다. 인천 광역시교육청북구도서관의 학부모 교육도 그렇게 시작했다. 도서관에서 강의하는 게 아니라 찾아가는 서비스였다. 배정된 학교를 방문해서 학부모 대상으로 강의했다.

한번은 인천 교동초등학교를 가려는데 내비게이션에 학교가 나오지 않아 문의했다.

"내비게이션에 학교가 연결되지 않아요. 왜 그런 거죠?"

"네, 육지가 아니라 섬이기 때문이에요."

강화도 건너편 교동도에 있는 초등학교였다. 강화도까지 운전하고 가서 배를 타고 건너갔다. 흔히 초등학교 특강에 학부모 참석률은 10퍼센트면 양호한 편이다. 전교 600명에 학부모 60명 정도니 말이다. 교동초등학교에서는 40퍼센트나 참석했다. 열기가 대단하지 않은가. 전교생 50여 명에 학부모가 20여 명 참석한 것이다. 개교 100년이 넘은 학교인데도 그랬다. 시골 인구의 감소율과 학생 수가 비례한 것이다.

자동차 회사의 사내 교육에 대타 강의를 하기도 했다. 선배의 배려 덕분이었다. A급 강사인 선배 강의에 비해 내 강의는 여러모로 부실했을 것이다. 운전사 교육에도 대타로 참여했다.

대타라고 해서 계면쩍어하거나 자존심 상해할 여유란 내게 없었다. 기회가 닿으면 무조건 했다. 먼저 선배의 강의를 들으며 메모하고 녹음하여 풀어 쓴 후 내용을 외우면서 연습했다. 그런 과정을 통해 강의안 만드는 법을 익혔다. 비전 교육 강사를 하고, 독서 토론과 글쓰기 강사를 하면서 서서히 자리를 잡게 되었다. 성공작이든 실패작이든 경험한 모든 것이 강사로 생활하는 데 큰 자산이 되었다.

강사의 일은 지식 서비스다. 다양한 물건을 파는 잡화점처럼 좋은 강사가 되기 위해서 계속 공부하며 강의 아이템을 늘려야 한다. 늘 책을 읽어야 하고, 좋은 프로그램을 찾아서 교육받고 능력을 키워야 한다. 고객에게 서비스를 잘하려면 철저하게 준비해야 하지 않겠는가. 나이 많은 강사라고 해서 봐주는 건 없다. 카네기 교육 등 외국 프로그램을 공부했다. 외국 프로그램의 경우는 교육비도 비쌌고 과정도 길고 힘들었다. 국내 프로그램으로 눈을 돌렸다. 대전까지 내려가서 비전 교육을 받았다. 강사 자격증을 받은 후 수년 동안 프로그램을 진행하는 퍼실리테이터로 일했다.

3P 바인더 프로그램(강의와 다이어리를 통해 개인과 조직의 자

기 관리 능력 향상을 돕는 것)이나 비폭력대화 프로그램도 수강했다. 어떤 강좌가 나에게 도움이 될까 고심하면서 계속 다른 교육 프로그램을 수강했다. 숭례문학당에 글쓰기를 공부하러 왔을 때도 그런 마음이었다. 글쓰기를 배우러 왔다가 독서 토론 과정이 있어서 추가로 공부했다. 노년을 대비해 대한웰다잉협회에서 노인통합교육지도사, 웰다잉심리상담사, 노인지도사와 전문강사 자격증도 땄다. 언제쯤 이 자격증을 이용하여 노인 교육에 참여할지 모르겠지만 마음 준비는 늘 하고 있다. 책을 읽는 자세도 예전과 달라졌다. 과거에는 순수한 독자로서의 즐거움이었다면 지금은 '일'로 책을 읽는다. 그렇다고 독서의 즐거움이 줄어드는 것이 아니다. 세상은 넓고 읽을 책은 넘쳐흐른다. 강사로 일하면서 보는 것, 읽는 것, 생각하는 것이 달라졌다. 늘 새로운 것에 도전하고 준비하는 마음을 갖게 되었다. 우산은 비 올 때 찾는 게 아니라 비가 오기 전에 미리 준비해야하는 것이 아닌가. 준비하는 마음이 늘 필요하다.

예술의 세계처럼 배움의 세계도 시작은 있으나 끝이 없다. 가다 보면 새로운 길을 만나니 계속하는 것이다. 글쓰기 공부를 하다가 문학 공부도 병행하게 되었다. 어휘력을 늘리는 데

문학이 최고라고 해서다. 문학을 이해하려고 서양 고전 문학 과정을 수강했다. 또 시를 이해하고 싶어 시 강좌에서 공부했다. 시인이 진행하는 강좌였다. 수강생이 시를 쓰고 합평하는 과정이 아니라 어떻게 시를 읽고 이해하고 사랑하는지 배우는 과정이었다. 과정을 마친 수강자들이 함께 시를 필사하자고 했다. 그때 시작한 시 필사가 이 글을 쓰는 오늘까지 1,750회 이어지고 있으니 4년 반을 넘어섰다. 혼자 했다면 중간에 포기했을지도 모른다. 함께하다 보니 지금까지 이어지고 있다. 확실히 공부는 혼자 하는 것보다 함께하는 게 더 좋다.

서평 공부를 하면서 다른 강사들과 함께 100일 필사를 했다. 일회성으로 끝낸 것이 아니라 여러 번 반복했다. 서평을 잘 쓰고 싶었기 때문이다. 전문가의 글을 필사하면서 글을 분석하는 능력이 좋아졌다. 단순히 필사에 그친 것이 아니라 분석하면서 공부하니 어휘력, 표현력, 문장력, 구성력 등이 좋아졌다. 좋은 글을 읽어야 글을 보는 눈이 좋아진다. 이런 눈을 편집자의 눈이라 생각한다.

그런 경험을 바탕으로 교육 강좌도 만들었다. 온라인 필사 과정이다. 유시민 책으로도 온라인 필사 방을 만들어 2년 넘게 진행했다. 또 서평 필사 과정을 만들었다. 지금 38기를 하고 있으니 3년 넘게 계속하고 있다. 줌으로 진행하는 일반 글쓰기, 서평 쓰기 과정도 진행 중이다. 공부한 것을 활용해서 새로운 강좌를 만들었다. 취미가 일이 되듯 공부가 일로 발전한다. 공부는 역시 혼자 하는 것보다 함께하는 게 좋다.

운동도 함께하는 방식을 선택했다. 메신저로 '매일 운동방'이라는 단체 대화방을 만들어 강의로 인연을 맺은 사람들을 초대했다. 여기에 참여한 사람들은 서울, 경기, 충청 등 여러 곳에 사는 회원들이다. 모여서 함께 운동하는 것이 아니라 자기가 사는 곳에서 각자 운동하고 기록을 단체 대화방에 올린다. 걷기나 달리기, 스트레칭이나 요가 등 자기가 하고 싶은 운동을 하면 된다. 감시하는 사람도 없고 관리하는 사람도 없다. 각자 알아서 한다. 단체 대화방에 올라오는 다른 사람의 기록을 보면서 자극을 받는다. 남들은 이렇게 열심히 하는데 나도 열심히 해야지 하는 동기 부여가 된다. 서로에게 좋은 영향을 주는 매일 운동방도 3년 넘게 진행되고 있다.

어떤 일을 하든 집중력과 지구력이 필요하다. 일본 소설가 무라카미 하루키는 에세이집 『달리기를 말할 때 내가 하고 싶은 이야기』(문학사상사, 2009)에서 작가에게 필요한 세 가지 능력을 말한다. '재능, 집중력, 지구력'이다. 작가적 재능은 타고난 능력으로 글을 쓰지 않으면 못 배기는 힘이라고 말한다. 또 집중력과 지구력은 필요하단다. 창작 활동은 집중하지 않으면 할 수 없는 일이다. 게다가 소설 한 편을 쓰는 데 몇 년이 걸리기도 한다. 지구력이 없으면 불가능하다. 그래서 하루키는 이 것을 위해서 마라톤과 철인삼종을 오랫동안 지속했다. 건강을 위한 운동은 꾸준히 해야 한다. 최고의 공부법은 역시 꾸준히 하는 것이다. 그런 꾸준함을 유지하기 위해 다른 사람들과 함께하는 게 효과적이다.

시니어 강사로 어떤 자세가 필요할까. 첫째, 욕심을 버리는 게 좋을 것 같다. 돈에 대한 욕심, 강의에 대한 욕심도 마찬가지다. 집착하면 욕심이 고개를 들고 지나치면 병이 된다. 나이 들어 욕심을 부리면 남 보기에 추해진다. 욕심을 버리면 위축되지 않고 당당해진다. 건강이 허락하는 한 오랫동안 강의를 하고 싶지만 원하는 대로 이뤄지는 것은 아니다. 삶을 통해 배운 교훈이다. 언제든 떠날 준비를 하고 있다. 그런 준비가 바로 마음 준비다. 그러니 오늘이 마지막 날인 것처럼 살아야 하지 않을까. 카르페 디엠carpe diem. 라틴어로 "지금 이 순간에 충실하라"는 말이다. 영화 〈죽은 시인의 사회〉(1990)에서 키팅 선생이 학생들에게 한 말로 유명한 이 문장은 호라티우스의 시 〈오데스Odes〉에 나오는 구절에서 유래되었다. 내일은 알 수 없으니 오늘을 멋지게 즐기라는 것이다.

둘째로 자존심을 버리는 것이다. 자존심은 남과 비교하는 데서 생긴다. 자존심은 허영심의 사촌이다. 남과 비교하여 내가 잘났네 하는 교만한 마음이다. 자존심을 버리고 자존감을 키우는 편이 낫다. 자존감은 자신을 존중하는 마음이다. 남이 뭐라고 하든 나는 나다. 그래서 나는 라이벌을 키우지도 않고, 젊은 강사를 부러워하지도 않는다. 초점을 자신에게 맞추고 집중하는 자세가 필요하다. 아직은 불러주는 곳이 있고 쓰임새가 있다는 사실에 만족하고 감사한다.

마지막으로 계속 공부하는 것이다. 늙었다는 게 무엇일까. 몸의 기준에 따르면 나이가 많으면 노인이다. 그러나 마음의 기준으로 보면 달라진다. 애늙은이도 있지만 나이 든 청춘도 있지 않은가. 청춘의 특징은 호기심과 도전 정신이다. 새로운 지식과 기술에 대한 호기심, 늘 새로운 것에 도전하는 마음이 있다면 늙었지만 젊게 사는 것이다. 아직은 나도 하고 싶은 게 많이 남아 있다. 클래식 기타와 재즈 피아노, 드럼과 색소폰, 판소리와 사물놀이를 배우고 싶다. 아내와 함께 스포츠댄스도 배우고 싶다. 일본어와 중국어도 공부하고 싶다. 사랑받는 남편, 존경받는 아버지, 남에게 도움이 되는 사람으로 살고 싶다. 세상은 넓어 아는 게 부족하고, 인생은 짧아 하고 싶은 것을 다 이룰 수 없다. 아직도 버킷 리스트에는 이루지 못한 목표가 남아 있다. 그것을 하나씩 지우면서 살며 사랑하며 배우며 살아가리라.

프리랜서의
송년회

본격적으로 프리랜서 강사 생활을 한 것이 10여 년이 되었다. 강의가 있는 날은 아침부터 서둘러야 한다. 강의처로 가는 도중에 어떤 돌발 상황이 발생할지 모르기 때문이다. 특히 운전하면서 갈 때는 더욱 그렇다.

3년 전, 그날은 마음이 즐겁고 설렜다. 두 군데에서 송년회가 있었고, 한 군데는 강의였다. 오전에 김포에서 독서 모임 '다북다독'의 송년회 겸 서평집 출간 기념회를 하고, 오후에 양평 도서관에서 강의를 하기로 했다. 강의를 마치면 여주도서관에 가서 저녁에 '여주책울림' 독서 회원들과 박웅현의 『책은 도끼다』(북하우스, 2011)로 독서 토론을 하고 송년회 겸 저녁 식사를 하기로 했다. 송년회가 이어지는 나날이었다.

그런데 아침부터 눈이 펑펑 내렸다. 12월 중순의 겨울 날씨에 내리는 눈은 낭만적이어 보이기도 하겠지만, 운전자에게는 사뭇 다른 느낌을 안겨준다. 눈길 운전에 걱정부터 앞선다. 나 역시 눈이 오면 운전하기가 두렵다. 모든 운전자가 눈길이 조심스럽겠지만 내겐 눈길 트라우마가 있다. 10여 년 전, 이비지 소천 1주기를 맞이하여 시골 묘소에 다녀오다가 눈길에서 사고를 경험했다. 호남고속도로 상행선 전주 부근에서 차가 눈길에 미끌어지면서 추돌했다. 여러 대의 차량이 부딪히고 부서졌다. 내 차도 앞뒤로 부서졌지만 인명 사고는 없었던 것이 그나마 다행이었다. 그때 이후 눈길을 운전할 때 울렁증이 도진다.

긴장되는 마음으로 먼저 첫 번째 일정지인 김포로 향했다. 집에서 나와 산본IC로 진입하여 김포 방향으로 서울외곽순환도로에 올라섰다. 조심스럽게 운전했다. 눈은 함박눈으로 변했고 길은 미끄러웠다. 그렇게 많이 쌓이지 않았지만 차들은 거북이처럼 서행했다. IC를 넘어서면서 길이 꽉 막혔다. 인천 장수IC까지 기어갔다. 시속 10킬로미터. 제시간에 도착하기 어

렵게 되었다. 김포 '다북다독'의 송년회 겸 서평집 출간 기념회
에는 꼭 참석해야 했다. 가지 않을 수 없는 모임이었다.

　다북다독 독서회는 4년 전 김포 중봉도서관 독서 토론 리더
과정을 마치고 만들어진 독서 모임이다. 매달 두 번, 책을 읽고
독서 토론을 한다. 다음 해에 회원들은 글쓰기 과정을 수강했
고, 이어 서평 쓰기 과정을 통해 서평 쓰기를 공부했다. 매달 한
번씩 서평 모임을 꾸준히 이어왔다. 회원들이 2년간 쓰고 다듬
은 서평을 모아 책으로 내기도 했다. 그날 모임은 서평집을 기
념하는 자리이기도 했다. 회원들이 얼마나 고대하던 날이겠는
가. 평평 내리는 눈이 이들을 축하하는 서설瑞雪이라고 생각했
다. 원래 예정 시간보다 한 시간 반 늦어서 도착했다.
　모임 장소는 김포의 어느 교회 지하 1층에 있는 작은도서관
이었다. 평소 아이들이 책을 읽고 즐기는 곳이 독서 회원들의
웃음과 열기로 가득했다. 각자 가져온 음식들이 차려져 있었
다. 김밥, 떡, 빵, 삶은 달걀, 과일에 오뎅국까지 나왔다. 독서 회
원인 목사 사모가 매년 송년회 장소로 이곳을 제공한다. 맛난
음식과 더불어 출간된 서평집을 받고, 한 해를 지내온 소감을
나누었다. 대부분 이번에 '서평집' 출간에 대한 기쁨과 행복감

을 얘기했다. 참여하지 못한 회원들은 다음 기회에 참여하겠다고 결심을 밝혔다. 이들의 소감에 글을 쓰는 이로서의 마음이 진하게 배어 있었다. 그 마음이 귀하디귀해서 기록으로 남기고 싶었다.

"초보 글쓰기 강좌에 함께 도전하며 배운 것은 지속 가능한 글쓰기였다. 바로 윤석윤 선생님의 '서평 글쓰기'. '숙제는 (그저) 내는 것이다'라는 주문을 외며 우리는, 부글거리는 솥을 낯설게 들여다보는 초보 마녀들 같았다. 오랜만에 쓰는 사람, 처음 쓰는 사람, 쓰기가 싫은 사람, 쓰기 두려운 사람, 쓰기가 더딘 사람, 그래도 쓰는 사람…. 모두 참가자의 솥을 치열하게 울면서 버리지 못하고 꺼안았다. 책을 휘젓고, 토론으로 양념을 치니 마법 수프 같은 글들이 하나둘 탄생했다."

"이제 아마추어 서평가로서 '작가의 의도'보다 '독자의 해석'이 진짜 묘미임을 전파하고 싶다. 혼자라면 하지 못했을 일을 모두가 모여 한 권의 책으로 출산했으니 잘 키워봐야 하지 않겠는가. 『쓸모없이도 충분히 아름답길』 이후 두 번째 서평집으로『아직도 써야 할 길』이란 제목이 거론됐다. 우리는 이미 또

한 발을 내디뎠다."

인간은 누구나 표현 욕구가 있다. 자신의 생각과 감정을 표출하고 타인과 나누고 싶은 소통과 공감의 욕구다. 이런 생각을 표현하는 방법에는 두 가지가 있다. 하나는 말로 하는 것이고 다른 하나는 글로 하는 것이다. 말로 하는 대화는 '지금, 여기'서 이루어진다. 서로 전달이 제대로 되었는지 그렇지 않은지 즉시 알 수 있다. 내용을 이해했다면 고개를 끄덕끄덕하면서 표정으로 반응할 것이고 만일 이해를 못 했다면 몸짓이 달라진다. '뭐야?' '도대체 무슨 말을 하는 거야?' 아니면 질문할 것이다. "너의 말을 잘 이해하지 못하겠네." "다시 설명해줄래?" 말은 피드백이 곧바로 이루어진다. 대화는 이처럼 즉각성과 현장성을 띤다.

글로 생각을 표현하는 방식은 말과 다르다. 과정이 필요하다. 글을 쓰는 것이 먼저이고, 생산된 글이 다른 사람에게 읽히는 데 시간이 걸린다. 이런 전달 과정과 시간 지체가 불가피하다. 독자는 종이에 인쇄된 글이나 메일 혹은 블로그, 인터넷 등에 문자로 표현된 글을 읽는다. 피드백은 직접 말로 할 수도 있고 글로 할 수도 있다. 이런 과정과 시간 지체가 글로 하는 소통에 장벽이 되지만 깊이 소통할 수 있다는 장점도 있다.

함께하는 독서 토론과 글쓰기는 참여한 이들에게 행복한 소통과 공감의 시간을 제공한다. 같은 책을 읽고 서로 다양한 생각을 나눌 수 있어 읽는 즐거움이 배가한다. 타인의 생각이 나와 다를 수 있음을 배우고 훈련하는 좋은 학습의 장이다. 다른 생각으로 상대의 의견을 비판할 순 있지만 비난하지 않는다. 감정이 치고 올라올 때도 품위와 품격을 잃지 않는다. 토론하되 싸우지 않는다. 생각과 견해, 신념과 철학을 나누면서 공존한다. 현재 우리 사회가 안고 있는 가장 큰 문제 중 하나는 소통 부족 현상이다. 오랫동안 일방적인 지시와 전달, 상명하복, 관존민비, 가부장적 권력 집단이 만든 폐해인지도 모르겠다. 대화를 하면서 상대방의 의견에 마음을 열지 않는다. 내 주장을 전달하는 데 주력한다. 제대로 토론하는 방식을 배워본 적이 없다. 그것이 오늘의 우리 모습이 아닐까 생각한다.

양평도서관에서 인문학 강좌를 마치고 저녁에 여주도서관으로 발길을 옮겼다. 그곳의 책울림 독서회 회원들의 정기 독서 토론 모임에 참여했다. 나 역시 한 사람의 패널로서 함께 토론했다. 같은 주제에 다른 의견이 나온다. 서로 같고도 다른 생각과 감정을 나누면서 배우게 된다. 가르치고 배우는 상하 관계가 아니라 나눔으로 배움이 절로 일어나는 수평적인 학습장이다. 독서 토론은 역시 '성인용 자기주도 학습'의 좋은 모델인 듯하다.

토론을 마치고 근처 식당에서 저녁 식사를 했다. 책을 읽고 나눈다는 형식이 이들의 삶을 바꾸었다. 인생이 한 권의 책이라면 그 내용이 바뀐 것이다. 형식이 내용을 바꾸기도 하고 내용이 형식을 지배하기도 한다. 돌아오는 길에 작은 선물을 받았다. 여주 고구마 한 상자였다. 주는 사람의 마음이 담뿍 담긴 선물이라 감사하는 마음으로 받았다. 눈길에 피곤한 하루였지만 보람차고 더없이 행복했다.

한 해를 평소와 다름없이 독서와 글쓰기로 만난 사람들과 함께했다. 또 여전히 책과 글에 대해 소통했다. 생각해보면 재미있는 일이었다. 내가 어떤 일을 하느냐에 따라, 한 해의 시작과 끝의 내용이 같아지다니. 직업이란 이렇게 개인의 삶에 속속들이 영향을 미치는 것이 아닐까. 그렇다면, 나와 다른 생각을 하는 이들과 끝없이 소통하고 만남의 의미를 되새기게 되는 내 직업이야말로 탁월한 선택이었다는 생각이 든다. 말하자면 나는 꽤 행복한 인간이다. 올 연말에도 아마 나는 행복할 것이다. 다가오는 새해에도 물론이다. 책과 글쓰기 그리고 이것을 함께 하는 이들이 있는 한 언제까지나 그럴 것이다.

늙어감에
대하여

한 해 한 해 갈수록 장 아메리의 말이 명언이란 걸 깨닫는다. 벼는 익을수록 고개를 숙인다거나, 늙음을 자연스럽게 받아들이는 이가 성숙한 존재라고들 하지만, 사실 그건 요즘 젊은이들 말로 '정신 승리'에 가깝다는 걸 말이다. 장 아메리는 자신의 책에 이렇게 말했다.

나이를 먹어가며 우리는 결국 죽어감과 더불어 살아야만 한다. 그야말로 괴이하고 감당하기 힘든 부조리한 요구다. 어쩔 수 없이 감내해야만 하는 굴욕이랄까. 겸허하게 받아들이는 게 아니다. 우리는 그저 겸손을 강요받은 굴종으로 늙어 죽어가는 자신을 바라볼 뿐이다.

_ 장 아메리, 『늙어감에 대하여』, 돌베개, 2014, 201쪽

몸에 대한 충격적인 순간이 어느 날 갑자기 찾아왔다. 60대 중반으로 진입한 시기부터다. 그전까지 잘 느끼지 못하고 살았다. 의식하고 살지 않았기 때문이 아니라 의식되지 않았다. 마음의 나이는 30세라고 생각하고 살아왔다. 이제 그런 교만함을 버릴 때가 와버렸다. 몸이 늙어감에 따라 마음의 나이도 50대를 넘어섰다고 인정하게 된다. 장 아메리가 말한 "노화는 불치병"이라는 진실과 이제야 마주한 것이다. "그야말로 괴이하고 감당하기 힘든 부조리한 요구다." 굴욕과 비애감를 느낀다. 자연의 이치를 외면한 대가다.

나이 듦을 느낀 후 일상의 느낌, 빛깔, 분위기가 달라졌다. 충격은 몸으로부터 왔다. 따뜻한 물에 서서히 삶아지는 개구리처럼 깨닫지 못하고 지내다가 비등점을 넘어서면서 뜨거움에 펄쩍 뛰게 되었다. 변화가 이렇게 급격하게 오리라는 것을 모르고 있었기에 충격은 더 컸다. 먼저 근육이 풀리고 줄어드는 것을 느꼈다. 허벅지가 가늘어지고, 가슴이 쭈그러들었다. 처음

으로 몸이 굳어지는 느낌이었다. 역시 노화는 피할 수 없는 것인가.

젊은 시절, 운동으로 몸을 단련했다. 건강을 뽐내기 위해 몸을 만들었다. 그 시절의 젊은이들이 그랬듯이 보이는 몸이 멋져 보이고 싶었다. 상체는 철봉과 평행봉, 아령과 역기로 단련했다. 비교적 넓은 어깨는 그 시절에 만들어진 것이다. 하체는 축구로 단단해졌다. 중학교 시절부터 축구를 좋아했고 하루에 서너 시간씩 공차기를 즐겼다. 학교 체육대회의 반 대항 축구 시합에서 우승을 많이 했다. 마침 탁구도 붐이어서 나 역시 학교를 마치면 탁구장으로 달려가 탁구를 쳤다. 그 뒤로는 그렇게 비축한 근육을 꺼내 쓰기만 했다. 체중은 거의 70킬로그램대를 유지했다.

40대 중반에 마라톤을 시작했다. 계기는 체중 조절을 위해서다. 40대에 들어서면서 나잇살이 찌기 시작했다. 관리하지 않으면 누구에게나 찾아오는 '살'이다. 체중이 조금씩 늘어도 신경을 쓰지 않았다. 하지만 허리 사이즈가 늘어 바지를 입을 수 없는 지경에 이르러서야 결단을 했다. 아내와 함께 마라톤을 시작했다. 마침 마흔이 다 되어 늦둥이 딸을 낳은 후 체중이 줄지 않는다고 아내도 걱정하던 때였다. 우리는 함께 마라톤을 시작해 아마추어 대회에도 나가면서 몸을 단련했다. 아내는 나보다 더 열심이어서 철인삼종에까지 도전하는 등 유의미한 기록도 많이 냈다. 이렇게 다시 중년의 건강과 삶의 운세도 죽 좋아지면 더할 나위 없었겠지만 삶은 언제나 위기의 순간을 안겨주곤 한다.

IMF 이전에 먼저 나에게 위기가 닥쳤다. 1996년에 다니던 수산 회사가 부도난 것이다. 당시 회사의 임원이었던 나는 졸지에 거리에 나앉게 되었다. '졸퇴자'가 된 것이다. 직장을 잃은 것은 작은 문제였다. 더 큰 문제는 신용불량자가 된 것이었다. 회사 은행 대출 시 연대보증인으로서 도장을 찍었기 때문이다. 그런 상황이 다시 온다면 어떨지 상상해보았지만, 역시나는 연대보증인이 되길 자처했으리란 생각이 들었다. 회사의 대표는 내가 일자리가 필요할 때 일을 주었고 미국에서 공부하는 데 재정보증과 학비를 대준 분이었다. 서로에 대한 신뢰는 깊었다. 사장 이하 직원들이 합심해서 열심히 일했다. 팀워크도 아주 좋았다. 사운이 나빴을 뿐이지만, 나 개인에게는 큰 타격이기는 했다. 열심히 일했다는 말은 자기 위로에 불과했다.

좋은 결과가 나지 않으면 가차 없는 세계가 비즈니스 아닌가.

형제들의 사운도 기울었다. 운영하던 공장이나 식당이 모두 부도가 났다. 나를 포함해서 주변 사람들의 일이 하나같이 큰 위기를 맞이했다. 몇 년간 명상과 운동으로 심신을 달랬다. 두 가지가 아니었다면 그 시기를 결코 무사히 넘기지 못했을 것이다.

10여 년이 훌쩍 지나갔다. 나이를 생각할 틈이 없었다. 나이를 먹는다는 것도 느낄 새도 없이 세월이 지나갔다. 50대 중반에 운명이 또 한 번 바뀌었다. 공부 덕분이다. 50대 중반에 시작한 공부가 내 인생의 변곡점이 되었다. 공부란 '독서 토론'과 '글쓰기'다. 어려서부터 독서는 습관 중 하나였다. 책은 혼자 읽는 행위인 줄 알았는데 아니었다. 독서 토론을 만나면서 혼자 하기보다 함께 읽는 게 더 재미있다는 사실을 깨달았다. 글쓰기 공부가 독서 토론을 만나게 해준 것이다. 게다가 독서 토론 강사, 글쓰기 강사까지 하게 되었으니 말이다. 공부가 세월을 잊게 해주었다. 글쓰기와 독서 토론 공부를 한 지 곧 10년을 넘어선다. 매년 조금씩 바빠지고 달라졌다. 작년에 가장 바빴고 올해도 그만큼 바빴다. 감사할 따름이다.

인생에서 겪은 상처가 크면 클수록 그것에 대한 트라우마는 크다. 잠시 상처를 잊을 수 있다 해도 뿌리를 뽑아내기 어렵다. 현재가 과거보다 더 어렵고 힘들다면 더욱 그럴 것이다. 하지만 트라우마를 잊을 정도로 바쁘게 살았다면 그런 기억이 떠오를 틈이 없다. 나에게 지난 9년이 그랬다. 과거와 다른 모습을 갖기 위해 머리도 깎았다. 패션도 바꾸었다. 공저지만 여섯 권의 책을 출간했다. 강사로서 많은 사람을 만나고 그들에게 작은 도움을 줄 수 있다는 게 고맙고 감사했다. 너무 바빠서 나이도 잊고 살았다. 내 몸이 내게 다급히 말을 걸기 전까지는 말이다.

어느 날 몸이 먼저 "네 나이가 몇 살이냐"고 일깨웠다. 체력이 달리기 시작했다. 힘들었다. 공부하는 것도 조정할 수밖에 없었다. 배움에 대한 욕망은 적지 않아서 더 많은 강좌, 모임에 참여했다. 그것도 힘이 들었다. 강의를 하고 돌아오는 길에 주차하고 쉬는 날이 많아졌다. 몸이 달라졌다. 아버지가 노인이 되었을 때 그러시더니 내가 그대로 하고 있었다. 아침에 일어나서 책을 보다가 재채기를 하거나 코를 풀었다. 음식을 먹을 때 너무 뜨겁거나 찬 것은 싫어하게 되었다. 치아 틈이 벌어져

식사하면 이쑤시개를 찾게 되었다. 저녁밥을 먹고 초저녁에 잠
드는 경우가 많아졌다. 오랜 세월 동안 야간형의 삶을 살았는
데 이제는 새벽형으로 생활이 바뀌고 있다. 이런 변화는 곧 '나
이 듦', 다른 말로 하면 '늙어감'에 대한 징후다.

　얼마큼 사는 것이 장수일까. 평균수명을 누리면 장수한 것이
라고 생각한다. 대한민국 남녀의 나이를 평균하면 80세 초반
이 된다. 아버지가 83세, 어머니가 86세에 세상을 떠났으니 두
분 모두 인생오복 중 수복壽福을 누린 것이다. 오복은 『서경』의
「홍범편」에 나온다. 인생의 바람직한 조건인 수壽·부富·강녕
康寧·유호덕攸好德·고종명考終命의 다섯 가지 복을 말한다. 나
역시 수복을 누리고 싶다. 하지만 세월을 이기는 장사가 없지
않은가. 많던 머리숱과 검은 머리가 어느 사이에 사라지고 서
리가 내리고 파뿌리가 되었다. '소갈머리도 주변머리'도 없어
져 대머리가 되었다. 환갑을 넘어서고 60대 중반에 들어서면
서 나이 듦을 인정하지 않을 수 없다. 늙어감은 불가피한 인간
의 실존이자 운명이다. 어쩌겠는가. 빈부귀천, 남녀노소 누구
도 피해 갈 수 없는 진실이다. 마주해야 한다. 마주하자.

어쩌면
가장 빛나는 순간

장모님 생신일은 처갓집 형제들의 가족 모임일이다. 처이모님 부부와 처사촌, 오빠와 동생, 그리고 우리 가족이 모인다. 작년 생신 때에도 장모님이 계신 요양원으로 모였다. 모든 자녀가 참석하지는 못하지만 장모님 침대 주위는 찾아온 자녀와 친척으로 북적댔다. 치매인 장모님은 찾아온 사람들이 누구인지 정확하게 알지 못한다. 아마 '아는 사람들이구나' 싶으실 것이다. 그래도 좋아서 싱글벙글거리신다. 선물로 가져온 떡과 과일은 요양원에 있는 다른 분들의 간식으로 내놓고 케이크에 촛불을 켜고 생일 축가를 불렀다.

장모님이 요양원에 들어가신 지 10년이 되었다. 장모님이 우리 집에 오시게 된 이유는 손자를 돌보기 위해서였다. 장인과 함께 오셨다. 충북 옥천 시골 고향에 살고 계셨는데 직장에 다니는 딸을 돕기 위함이었다. 장모님은 큰아이를 키우신 다음, 둘째인 딸도 키워주셨다. 아이들은 잘 자랐다. 아들과 딸이 정서적으로 안정되고 잘 성장한 것은 장인, 장모님 덕이다. 그렇게 20여 년을 우리와 함께 생활하셨다.

장인은 83세의 나이로 먼저 저세상으로 가셨다. 어린 시절 일본에 가서 10대부터 일본에서 이발사를 했다. 그곳에서 이발소를 운영하면서 장모님을 만나 결혼을 했다. 해방이 되어 고국 고향에서 50대까지 이발관을 운영했다. 장인은 노년에 허파가 굳어가는 병을 앓았다. 광부들 직업병인 진폐증과 비슷한 것이었다. 수십 년 동안 남의 머리를 자르면서 코를 통해 들어간 작은 머리카락이 폐에 쌓인 탓이었다. 폐의 기능이 절반 이하로 떨어졌다. 산소발생기를 옆에 두고 생활하셨다. 호흡 곤란으로 119 구급차로 병원에 몇 번 실려 가기도 했다. 생의 마지막도 그렇게 실려 간 병원에서 맞이했다. 이발 일을 하면서 고향에서 부모와 장모, 가족과 친척을 돌보며 사셨던 성실하고 착한 분이다.

장인 타계 후 꼿꼿하시던 장모님이 조금씩 기울기 시작했다. 육체적으로 정신적으로 무너졌다. 허리는 척추측만증으로 굽었고, 무릎 관절에 이상이 생겼다. 병원에 모시고 가서 부은 관절에서 물을 빼내고 약을 넣었다. 장모님은 늘 '아프다'를 입에 달고 사셨다. 아내가 직장에서 퇴근하고 돌아오면 따라 다니면서 '아프다'고 말씀하셨다. 마찬가지로 나와 아이들에게도 늘 아프다고 말씀하셨다. 몇 년 동안 통증 클리닉을 비롯한 여러 병원에서 치료했지만 퇴행성 척추측만증과 관절염이 어떻게 완치되겠는가. 기계도 수명이 있듯이 사람의 몸도 80년 넘게 사용했다면 이상이 없는 게 오히려 비정상일 수 있다. 장인이 돌아가시면서 돌봐야 할 대상이 사라졌고, 그 결과 정신적으로도 무너졌을까. 치매가 찾아온 것이다.

요양원으로 모실 수밖에 없었던 결정적 이유가 바로 이 치매 때문이었다. 장인이 돌아가신 후 2012년경 찾아왔다. 초기엔 기억력이 떨어지는 정도였다. 점차 증세가 심해졌다. 가스레인지 위에 불을 켜놓고 그냥 두어서 냄비가 탔다. 밥솥을 냉장고에 집어넣으셨다. 수돗물을 틀어놔 물이 넘쳐흐르는 일도 있었다. 혼자 계실 때는 점점 식사를 제대로 차려 드시지 못했다. 식사를 거르시니 변비로 고생했다. 혼자서 대소변을 가리는 게 힘들어졌다. 상태가 악화되어갔다. 문제는 집에서 장모님을 돌봐줄 사람이 없다는 거였다. 딸과 사위는 일하러 나가고, 아이들도 학교에 가면 낮에는 혼자밖에 없었다. 치매가 든 노인을 집에 방치할 수 없었다.

　아내의 후배가 어느 노인 요양원을 소개했다. 그녀의 어머니를 모신 곳이었다. 상담을 위해 찾아가 원장을 만나보니 안면이 있는 분이었다. 안산에서 노인 요양원을 운영하시던 분이었다. 그곳에서 나의 어머니가 세상을 뜨시기 전 1년 동안 계셨다. 그때 그분과 많은 대화를 통해 노인 요양원의 필요성을 깨닫게 되었다. 상담은 쉽게 끝나고 아내의 형제들과 상의를 했다. 모두 동의하였다. 요양원에 모시기 며칠 전부터 아내는 눈물을 흘렸다. 어떤 자식인들 안 그럴까. 별생각이 다 들었을 것이다. 이건 현대판 고려장이 아닐까, 건강하실 때는 함께 살더니, 자식들을 키워주셨는데 병이 들었다고 버리는 게 아닐까, 이건 미친 짓이다, 불효다 등등. 요양원에 모셔다 놓고 돌아와서 아내는 대성통곡을 했다.
　처음 그곳에 모실 때는 장모님의 기력이 쇠해서 얼마 살지 못하실 것으로 걱정했다. 시간이 지날수록 치매는 꾸준히 진행되었지만 육체적으로는 집에 있을 때보다 더 건강해지셨다. 하루 세 끼를 모두 드시는 데다가 친구들이 생긴 덕분이다. 원래 청력이 약해 보청기를 착용하셨지만 그것으로도 제대로 말을 듣지 못해 대화는 늘 일방적으로 되기 일쑤다. 나중에는 그것도 사용하지 않고, 틀니도 포기했다. 잇몸이 약해져서 통증으로 틀니를 끼울 수가 없게 되었다. 식사는 죽으로 바뀌었다. 틀니를 빼니 합죽이가 되신 장모님!

　이듬해 설날을 지내고 막냇동서는 자신의 어머님을 이곳 요양원으로 모셨다. 장모님의 상태를 주시하던 동서가 형제들에게 제안하여 결정한 것이다. 동서의 어머님은 혼자 사시다가 86세 때 건강이 좋지 못해 큰형님 댁으로 모셨다고 한다. 그런데 어머니의 치매가 급진전되어 대소변을 못 가리게 되었다. 큰며느리의 고생이 심했다. 동서는 어머니를 보러 갈 때마다 형수의 얼굴이 변해가는 것을 보았다. 형수도 늙어가는 나이에 치매가 든 시어머니를 모시는 게 어디 쉬운 일인가. 형제 중 막내인 동서가 큰형님 내외에게 큰 명절 선물을 한 셈이다. 장모님과 동서 어머님의 침대는 바로 옆이었다. 사돈끼리 친구가 되었다. 서로만 사돈이라는 사실을 잘 모를 뿐이다. 이것이 치매의 아이러니다. 동서 어머님은 그곳에서 계시다가 몇 년 진 먼저 세상을 떠나셨다.

매주 주말에 우리 가족은 요양원에 간다. 장모님께 과일이나 빵과 음료수를 사다 드리기도 한다. 치매는 점점 진행되어 손자가 아들이 되기도 하고 셋째 딸인 아내가 큰딸이 되기도 한다. 처음에는 딸과 사위를 알아보다가 차츰 그것도 희미한 기억이 되어버렸다. 아들이 찾아왔을 때 장모님은 "아저씨는 누구세요?"라고 묻기도 한다. 손자와 손녀의 이름도 잊어버리고 "누구야?" 하고 웃으며 천진하게 물어보신다. 침대에는 손자와 손녀를 대신한 인형 두 개가 있다. 그것을 쓰다듬으며 이야기를 나누시는 모습을 가끔 본다. 우리 가족이 가면 반가워 활짝 웃으시는 얼굴이 안동 하회탈과 같다. 세상 걱정이 하나도 없는 순수한 아이의 얼굴 바로 그것이다.

요양원에서 일하시는 요양보호사들을 나는 '사랑의 천사'라고 부른다. 가족이 할 수 없는 일을 대신해주시는 그분들이 고맙다. 치매가 든 노인들, 생이 얼마 남지 않은 노인들을 돌보는 그들이 천사가 아니면 누가 천사란 말인가. 가정에 치매 환자가 생기면 큰 문제가 된다. "잔병에 효자 없다"는 말이 있다. 마찬가지로 부모의 기나긴 병에 효자 되기 쉽지 않다. 치매 환자가 있으면 가족 중 누군가에게는, 아들에게든, 딸에게든, 며느리에게든 큰 짐이 된다. 생활 자체가 치매 환자를 중심으로 돌아가 정상적인 일상을 유지할 수가 없다. 가족들은 쌓이는 간병 스트레스를 감당하기 어렵다. 자식들이 경제적 능력이 있는 경우, 혹은 노인장기요양보험의 혜택을 받을 수 있는 경우라면 다행이다. 그렇지 못할 때는 정말 힘들어진다. 치매가 사회적, 국가적으로 큰 문제가 되는 것이다.

애완동물 병이나면 가축병원 달려가도 늙은부모 병이나면
그러려니 태연하고
　열자식을 키운부모 하나같이 키웠건만 열자식은 한부모를
귀찮스레 여겨지네
　자식위해 쓰는돈은 아낌없이 쓰건마는 부모위해 쓰는돈은
하나둘씩 따져보네
　자식들의 손을잡고 외식함도 잦건마는 늙은부모 위해서는
외출한번 못하도다
　제자식이 장난치면, 싱글벙글 웃으면서 부모님이 훈계하면

듣기싫은 표정이네

　시끄러운 아이소리 잘한다고 손뼉치며 부모님의 외침소리
듣기싫어 빈정대네

　제자식의 오줌똥은 맨손으로 주무르나 부모님의 기침가래
불결하여 밥못먹네

　과자봉지 들고와서 아이손에 쥐어주나 부모위해 고기한근
사올줄은 모르도다

　노인 요양원의 벽에 걸린 액자의 내용이다. 글의 내용이 가슴을 파고 들어온다. 부모와 자식의 관계, 효에 대해 다시 한번 생각하게 하는 글이다. 나는 베이비부머다. 한국전쟁 이후 1955년부터 1963년생까지를 말한다. 이들을 다른 말로 '막처세대'라 부른다. '부모에게 효도를 하는 마지막 세대이자 자식에게 효도받을 생각을 포기하는 첫 세대'라는 의미다. 나 역시 60대 중반으로 점점 나이를 먹으며 늙어가고 있다. 늘어난 노후는 준비한 사람에게는 축복일 수 있으나, 그러지 못한 사람에게는 재앙이자 저주일 수 있다. 유대인은 부모가 자식을 키우면서 부모에게 효도하라고 가르치지 않는다고 한다. 오히려 부모는 자식들에게 자신들이 자녀들에게 한 것처럼 자식들이 자신의 자녀에게 하라고 가르친다고 한다. 부모의 자식에 대한 사랑은 내리사랑이다. 지혜로운 가르침 같다.

장모님은 올해 5월 초 93세로 세상을 떠나셨다. 추석 전에 아내와 함께 고향 선산에 잠들어 계신 장인과 장모님에게 성묘를 갔다. 인사를 마치고 내려오는데 뒤따라 내려오던 아내가 "악!" 소리와 함께 나뒹굴었다. 아침 이슬을 머금은 풀에 미끄러지면서 왼쪽 발목이 부러진 것이나. 황급히 부러진 발목을 맞추고 셔츠로 묶어 차 있는 곳까지 업고 내려왔다.

"나, 무겁지 않나요?"

"새털처럼 가벼워요!"

가까운 병원으로 가는 길에 아내의 입에서 나온 무심한 한마디.

"참, 인생 한 치 앞도 알 수가 없네요!"

근처 병원에서 엑스레이를 찍어보니 발목뼈가 여러 군데 부러져 있었다. 의사는 발목의 부기가 가라앉아야 수술을 할 수 있다고 했다. 발목을 응급 처치한 상태로 집으로 돌아와야 했다. 주말을 보내고 근처 대학병원에서 발목을 수술했다. 부러진 뼈를 고정하기 위해 여러 철심이 사용됐다. 다행히 수술 상태가 좋아 입원한 지 4일 만에 퇴원하여 집에서 요양 중이다. 아내의 말처럼 인간은 한 치 앞의 삶도 알 수 없는 나약한 존재다. 나도 마찬가지다. 건강에 이상이 오면 강사 일도 포기해야 한다. 노년에 이르니 욕망도 욕심도 점점 사라진다. 어제에 대한 미련도 없어지고 내일에 대한 욕심도 생기지 않는다. 이런 것은 달관이라기보다는 슬픈 수렴이이라고 말해야 옳다. 그저 오늘 할 수 있는 일, 즉 강의를 준비하고, 가족을 챙기고, 독서와 글쓰기를 성실하게 해나가며 언젠가 갑자기 다가올 나의 마지막을 맞이해야겠다 다짐할 뿐이다. 이런 다짐을 할 수 있는 오늘의 삶이야말로 어쩌면 남은 인생 가운데 가장 빛나는 순간인지도 모르겠다.

나는 공부하는 노동자다

이제 인간 수명 100세 시대가 되었다. 30-30-10 시대에서 30-30-40 시대로 변화했다. 산업화 시대에는 30년 동안 성장하고 공부하며 준비하고 직장에 들어가 30년 일하고 은퇴 후 10년을 편히 살다가 세상을 떠났다. 지식정보화 시대가 되면서 이 공식은 깨졌다. 성장하고 공부하고 준비하는 30년은 같다. 하지만 30년 한 직장을 다니는 것도 어려워졌고, 더욱이 노후 40년을 일 없이 어떻게 살아야 할지가 문제가 되었다. 이후 마지막 40년은 경제적, 사회적 여건을 준비한 사람에게는 문제가 되지 않겠으나 그러지 못한 사람에게는 불안과 괴로움의 시간이 된다. 벌써 그런 징후가 나타나고 있다. 지금 한국이 선진국 중에서 노인 자살률 1위인 것이 그것을 증명한다.

그러나 우리 세대가 겪는 어려움은 내 부모 세대에 비하면

조족지혈이다. 부모 세대는 일제강점기에 태어나 나라 잃은 헛소리 속에서 성장했고, 해방 후 6·25 전쟁으로 동족상잔의 비극을 겪었고 이산의 아픔까지 품고 살았다. 그들은 한국 현대사의 많은 질곡을 견디며 가족과 자녀들을 위해 살아왔다. 그들은 보릿고개를 넘었고 산업화 시대를 살았고 마지막으로 IMF 외환 위기도 경험했다. 『제3의 물결』을 쓴 앨빈 토플러는 우리 부모 세대를 가리켜 제1의 물결부터 제3의 물결까지 모두 경험한 유일한 세대라고 말했다. 그들이 얼마나 많은 격랑과 변화 속에서 살아왔는지 설명한 것이다. 그런 희생과 노력을 바탕으로 이제 대한민국은 선진국 대열에 들어섰다.

과학과 기술이 발전하면서 인간의 삶은 편리하고 행복해졌다. 21세기 초엽인 지금을 일컬어 4차산업혁명기라고 한다. 정부에서도 4차산업혁명의 핵심 사업으로 DNA(데이터, 네트워크, AI)를 선정하여 밀고 있다. 그중 AI는 4차산업혁명 시대의 꽃이다. 하지만 미국 싱크탱크 브루킹스 연구소의 발표는 우리를 불안하게 만든다. AI가 고졸에 비해 대졸자의 일자리를 다섯 배가량 더 차지할 것이라고 한다. AI가 자식들의 일자리를 빼앗는다는 말이다. 미국의 투자 은행 골드만삭스는 2000년에 고객의 주식을 거래하는 트레이더를 600명 고용했다. 그런데 같은 일을 2017년에는 두 명이 수행하고 있다. 이 사례가 의미하는 바가 무엇인가. AI가 마냥 좋은 것만은 아니라는 뜻이다. 위기危機는 '위험하지만 기회'라는 뜻으로 해석할 수도 있다. 준비한 사람에게는 기회일 것이고 준비하지 못한 사람에게는 난관일 것이다. 그래서 아이들에게 늘 책을 읽고 공부하라고 말한다. 시대를 읽는 눈, 변화를 극복하는 힘은 공부에서 나온다고 생각한다. 요즘 젊은이에게도 나 사신에세도 똑같은 말을 하고 싶다.

시니어 강사로 활동하면서 좌우명을 "나는 학생이다"에서 "나는 공부하는 노동자다"로 바꿨다. 한국인 최초로 바티칸 대법원에서 변호사가 된 한동일 신부의『라틴어 수업』(흐름, 2017)에서 따온 문장이다. 나는 여전히 책을 읽고 공부하는 학인이자 강사로 활동하고 있으니 '공부하는 노동자'인 셈이다. 배우는 것과 나누는 일을 하고 있으므로 어울리는 콘셉트라 생각했다.

시니어 강사의 일을 언제까지 할 수 있을지 나도 모른다. 건강이 허락하는 한 계속 이 을乙의 삶을 이어갈 생각이다. 한 치

앞도 알 수 없는 게 인간의 삶이다. 노년에 들어서면서 더욱 그런 생각을 한다. 그래서 오늘이 내가 강의하는 마지막 날이라고 생각하며 최선을 다할 뿐이다. 다행히 은퇴해도 찾아갈 곳과 만날 사람이 많다. 강사로 활동하면서 도와준 많은 독서 동아리와 글쓰기 모임 들이다. 또 집 근처 도서관에서 기부 형태로 그동안 갈고닦은 재능을 나눌 수도 있을 것이다. 은퇴한다고 해도 책을 읽고 토론하고 글쓰기를 지속할 것이다. 평생 취미가 되었으니 그것으로 혼자 노는 일도 즐겁게 할 수 있다는 자신감이 생겼다. 블로그가 내 놀이터가 될 것이다.

중년 이후 나에게 새로운 인생을 살 수 있도록 기회를 준 숭례문학당의 신기수 대표님과 김민영 이사님에게 감사의 인사를 전한다. 이 책을 만드는 계기를 마련해준 한기호 대표님과 도은숙 편집자에게 감사함을 표한다. 언제나 곁에서 힘이 돼주는 사랑하는 아내와 가족에게도 항상 고맙다.

프리랜서 강사라면 갖추어야 할 모든 것

신기수_ 숭례문학당 대표, 『이젠, 함께 읽기다』 저자

올해로 학당을 연 지 13년이 되었다. 그간 참 많은 사람이 오갔다. 거주하는 집만 해도 평균 4년마다 한 번씩 이사를 하는데, 공부하는 학당에서 10년을 함께하기란 말처럼 쉽지 않다. 지난 10년 동안 가장 오래된 학인이자, 가장 활발하게 활동하고 있는 강사가 두 사람이 있다.

바로 최병일 선생님과 윤석윤 선생님이다. 그들은 각각 2011년 6월과 8월에 학당에 와서 오늘에 이르도록 꾸준하고 공부하고, 성실하게 강의했다. 프리랜서 강사들의 경우, 실력이 좀 있을라치면 조직에 분란을 일으키는 경우가 많은데, 그들은 초지일관, 시종여일, 한결같았다.

그러니, 학당의 30여 명의 리더와 강사 사이에서 신망이 두터운 건 당연지사. 더구나 도서관이나 교육청 등의 강의처에

가면 인기를 몰고 다닌다. 우선 강좌 기획자들이 그의 매력에 빠진다. 댄디한 패션에, 카리스마 있는 강의력에, 친근한 유머에. 그리고 강의를 수강한 사람들은 자신도 강단에 서고 싶다고, 독서 토론의 진행자로 앉고 싶다고 상담했다. 그렇게 학당에 입문하고, 리더 강사로 활동하는 사람도 여럿이다.

사람도 그렇고, 조직도 그렇듯이 학당도 부침이 있었다. 워낙 작은 조직이지만, 그간에 많은 학인이 오갔다. 그런데도 시골 동네의 성황당 나무처럼 지켜주고 버텨준 게 바로 두 분이다. 숭례문학당의 과거와 현재를 모두 보여줄 수 있는 분이 그들이다. 두 사람은 서로 다른 성향을 가진 분이지만, 형제처럼 조화로움과 인간관계, 강사로서의 롤 모델을 보여준 분들이다.

그중에서도 '윤샘'은 공부하는 사람들의 전형을 가지고 있다. 글쓰기를 좋아하는 것은 물론이고 독서 토론까지 좋아한다. 배우고 익히는 데에서 더 나아가 가르치면서 배우는, 교학상장의 가치 또한 실천하고 있다. "나는 학생이다"라는 문장을 좌우명으로 삼고 있듯이 늘 공부하는 데 진심이다. 무엇보다 글쓰기에 대한 열망은 크고도 깊었다.

그 결과가 그간에 일곱 권의 공저로, 드디어 이번 책으로 첫 단독 저서라는 결실로 나타났다. 책은 우주를 창조하는 일이다. 경험과 사유는 물론이고, 나만의 세계관과 인생관, 가치관을 쏟아붓는 일이다. 그래서 인생을 잘 살아오지 못한 사람의 글과 책은 감동이 없다. 그런데, 윤샘은 솔직하고 거침없으면서도 직업에 대한 자부심과 인생을 관조할 줄 아는 지혜까지 갖췄다.

윤샘과는 2014년 『이젠, 함께 읽기다』를 같이 썼는데, 윤샘이 맡은 부분이 가장 힘든 내용이었다. '어떤 책을 읽을까'라는 제목의 5장이었는데, 인문, 역사, 철학, 사회, 과학 분야의 책들을 소개하는 장을 모두 맡았기 때문이다. 평소 다양한 분야의 책을 읽어오지 않았으면 쓸 수도 없거니와, 그걸 종합적으로 소개하는 일 또한 초보 저자에게는 만만찮은 일이었다. 그런데, 그 어려운 걸 해냈다. 지금도 그 5장에 탄복해 학당을 찾은 사람들이 여럿이다.

없던 길을 개척하고, 남들이 가지 않는 길을 가다 보니, 자주 지치고 넘어졌다. 그럴 때마다 옆에서 다시 일어설 수 있도록 묵묵히 응원해준 분이 윤샘이다. 사업 부도와 여러 회사를 거치면서 운이 따라주지 않았던 그의 삶은 책을 읽고, 토론하고, 글을 쓰고, 강의하면서 새롭게 쓰였다.

쉬이 꺾일 법도 한 인생이었지만, 오뚝이처럼 다시 일어나

수많은 강의처의 수강생에게 인기를 얻는 것은 물론 학당의 많은 리더 강사들로부터 신망과 존경을 받고 있다. 그 인기와 존경의 비결은 무엇일까? 이 책은 젊은 날의 실패와 좌절을 나이 들어 관조하고, 또 공부하고 강의를 하면서 자신을 찾아간 인생 이야기다. 너무 흥미진진해서 내가 그간 알고 있던 사람의 이야기가 맞나 싶을 만큼 푹 빠져 읽었다. 구체적인 '팩트'에서 비롯한 자세하고도 유용한 정보들은 프리랜서 강사라면 꼭 읽어야 할 지침서로 충분하다.

액티브 시니어의 멋진 삶

최병일_ 독서 토론 및 글쓰기 강사, 『은퇴자의 공부법』 저자

저자와 나의 인연은 40년을 훌쩍 넘었다. 꿈 많던 청년기에 만나 할아버지가 된 지금까지 한결같이 인연을 이어오고 있다. 학창 시절부터 학구파였던 저자는 30대 중반 늦은 나이에 미국으로 유학을 떠났다. 2년 후 한국에 돌아온 저자는 나를 찾아와 물었다.

"형님! 마지막 한 학기가 남았는데 학업을 잠시 휴학해야 할 것 같아요. 유학을 후원해준 최 사장님의 사업을 도와달라고 해요. 형님, 어떻게 생각하세요?"

누구보다 의리를 중요시하는 저자의 성격을 잘 알고 있기에 "그렇게 하라"고 조언했다. 그렇게 해서 그는 부산에 정착했다. 그가 그곳에 있을 때 가끔 만나 여행도 하며 서로의 추억을 쌓았다.

어느 날 저자에게 큰 시련이 찾아왔다. 근무하던 회사가 부도가 났으며 임원으로 일하던 저자는 연대보증으로 인해 회사 빚을 떠안게 되었다. 아마 그때가 그의 인생에서 가장 큰 위기였을 것이다. 한동안 사람 만나는 걸 힘들어하며 한국을 떠날 것을 생각하고 있었다. 나는 그를 한국에 붙잡아두고 싶었다. 좋은 벗하고 헤어지는 게 싫었다. 그래서 내가 교육으로 인연이 되었던 회사에 소개했다. 사람 소개란 만만치 않은 일이다. 게다가 책임자로서 추천하는 일은 더욱 그렇다. 하지만 그의 일에 대한 믿음이 있었다. 성실하고 능력 있고, 책임감이 있는 그였기에 자신 있게 중소기업에 임원으로 추천했다. 그는 맡은 일을 잘 해냈다. 그러면서 우리는 학습 모임을 시작했다. 몇몇 지인과 함께 독서 모임을 만들었다. 강사로서 책을 출간하고 싶다는 꿈을 가지고 있어 내가 먼저 글쓰기 공부에 도전했고 그가 내 뒤를 따랐다. 우리는 함께 한겨레교육문화센터와 숭례문학당에서 글쓰기 공부를 했다.

당시 나는 50대 후반, 저자는 50대 중반이었다. 여러 사람이 함께 글쓰기 공부를 시작했지만 몇 년 동안 꾸준히 한 사람은 우리 두 사람뿐이었다. 강사 생활을 하면서 저자가 먼저 꿈을 이뤘다. 독서 토론 도서 『이젠, 함께 읽기다』의 공저자가 되었다. 이후에 나와 함께 공저자로서 『은퇴자의 공부법』, 『아빠, 행복해?』를 출간했다. 저자는 이미 여러 권의 책에 공저자로 참여했으며 독서 토론과 글쓰기 수업으로 유명 강사가 되었다. 저자는 나를 보면 말한다.

"모든 것이 형님 덕분입니다. 저에겐 교육이 체질적으로 잘 맞는 것 같아요. 지금이 가장 행복해요."

늘 고맙다는 말에 조금 민망하다. 지금은 오히려 내가 더 많은 도움을 받고 있기 때문이다. 내가 부탁하면 어떤 것이라도 아낌없이 내어주는 친구다. 나 역시 액티브 시니어로서 같은 강사 일을 하면서 서로 의지할 수 있어 행복하다. 이번에 단독 저자로 책을 출간하게 되어 진심으로 축하한다.

영원한 현직 강사의 독서와 글쓰기 세계

김민영_『나는 오늘도 책 모임에 간다』저자

누군가는 물었다. 글쓰기를 어떻게 가르치냐고. 배우면 쓸
수 있냐고. 아니 배운다고 잘 쓸 수 있냐고. 피할 수 없는 질문
이다. 모든 배움이 그렇듯 글쓰기 또한 스스로의 단련이 우선
이니까. 문제는 독학의 한계다. 내 글을 '멀리서' 봐줄 조언자
가 없다면 제자리걸음에 지치고 만다. 누구나 제 글과는 멀어
지기 어렵다. 다른 사람에게 읽히고 나서야, 아니 글을 전송하
자마자 보인다. 어디를 어떻게 고쳐야 하는지. 뒤늦게 보이는
실수 앞에서 머리털을 쥐어뜯어봤자 숱만 휑해질 뿐이다. 일찌
감치 집을 떠나는 편이 낫다. 글을 함께 쓸 친구들을 찾거나, 글
쓰기를 업으로 삼은 이를 찾아가 묻는 것이다.

질문은 두 가지면 충분하다. 내 글의 상태가 어떤가요? 어떤
공부를 하면 좋을까요? 저자 윤석윤은 처음부터 배움의 요점

을 정확히 알고 있었다. 글쓰기를 배우러 온 첫날부터 그는 함께 쓰고, 첨삭을 받아야 한다고 말했다. 그래도 글이 나아질까 말까라고. 글쓰기를 중단하려는 동료들, 포기하려는 후배들의 등을 두드리며 계속 쓰자고 말하는 학인이 바로 윤석윤이었다. 양이 질을 담보한다고 그는 굳게 믿었다. 그는 누구보다 꾸준히 많이 썼다. 글쓰기라는 산을 정복하겠다는 일념으로 글쓰기 관련 책도 집요하게 탐구했다. 그의 말에서, 토론에서 흘러나오는 책들의 목록은 듣는 이를 설레게 했다. 한 작가의 전작을 뽑아 읽으며 큰 줄기를 엮어 구성하기도 했다. 윤석윤과 두 권의 책을 공저했는데, 그때마다 그는 수백 권의 책을 쌓아놓고 초고를 짓고 다듬어 정확히 마감 일자를 맞춰내곤 했다.

윤석윤은 자신에게 가장 필요한 자양분이 문학이라는 사실도 받아들였다. 500페이지 넘는 수많은 문학 관련 책을 가열차게 읽고 썼다. 방대한 고전까지 마다하지 않았다. 기록하지 않으면 남지 않으니, 휘발되어 버리니 꼭 써야 한다며 장편의 서평을 써 왔다. 토마스 만의 『마의 산』(을유문화사, 2008) 서평 수업 생존자는 윤석윤과 그의 선배 최병일뿐이었다.

이 책의 저자 윤석윤이 다져온 필력, 그 비결을 묻는다면 반복과 단련이다. 그는 글쓰기로 끝을 보겠다고, 문학에 뼈를 묻겠다고 우스갯소리로 말하며 묵묵히 쓰고 또 썼다. 글을 잘 쓰고 싶다는 사람을 만날 때마다 그는 자신의 이야기를 들려줬다. 특정한 재능을 요구하는 시나 소설이 아니라면 노력으로 잘 쓸 수 있다고, 내 나이에도 쓰고 배우고 혼난다며 기꺼이 망가졌다고. 그래서인지 윤석윤의 강의실 밖에 있다 보면 수시로 박장대소를 듣게 된다. 그는 청자와의 거리를 허물고 혼연일체되어 함께 공부하는 현장을 만드는 영원한 현직 강사다.

이 책에 실린 그의 이야기를 읽다 보면 누구나 좋아하는 일에 도전해보고 싶다는 욕구를 느낄 것이다. 꿈이 요구하는 진짜 재능은 타고난 재능이 아니라 노력이라고, 그 노력마저도 함께 만들어갈 수 있다고 저자는 말한다. 물 흐르듯 이어지는 생동감 넘치는 필력에 빠져들어 새벽 2시까지 원고를 읽었다. 울다 웃고, 웃다 울었다. 올해 읽은 가장 잘 읽히는 에세이다. 청년부터 시니어까지 전 독자에게 오래도록 읽힐 산문이다. 윤석윤이 주목받는 신예 에세이스트로 자리 잡기를 바란다. 윤석윤을 필두로 시니어 저자들이 샛별처럼 출현해 출판 트렌드의 신선한 축이 될 날도 머지않았다.

나는 액티브 시니어다

2021년 11월 17일 1판 1쇄 인쇄
2021년 11월 29일 1판 1쇄 발행

지은이	윤석윤
펴낸이	한기호
책임편집	도은숙
편집	정안나, 유태선, 염경원, 김미향, 김민지, 강세윤
마케팅	윤수연
디자인	북디자인 경놈
경영지원	국순근
펴낸곳	북바이북
	출판등록 2009년 5월 12일 제313-2009-100호
	주소 04029 서울시 마포구 동교로 12안길 14(서교동) 삼성빌딩 A동 2층
	전화 02-336-5675 팩스 02-337-5347
	이메일 kpm@kpm21.co.kr
	홈페이지 www.kpm21.co.kr

ISBN 979-11-90812-28-3 03810